가정 성화(聖化)와 소확행(小確幸)을 위한

할아버지
사랑 이야기

가정 성화(聖化)와 소확행(小確幸)을 위한

할아버지 사랑 이야기

ⓒ 유정열, 2024

초판 1쇄 발행 2024년 10월 15일

지은이   유정열
펴낸이   이기봉
편집   좋은땅 편집팀
펴낸곳   도서출판 좋은땅
주소   서울특별시 마포구 양화로12길 26 지월드빌딩 (서교동 395-7)
전화   02)374-8616~7
팩스   02)374-8614
이메일   gworldbook@naver.com
홈페이지 www.g-world.co.kr

ISBN   979-11-388-3548-0 (03810)

가정 성화(聖化)와
소확행(小確幸)을 위한

할아버지
사랑 이야기

유정열 지음

좋은땅

추천사

유정열 요셉 님. "가정 성화(聖化)와 소확행(小確幸)을 위한 할아버지 사랑 이야기."

유정열 님의 팔순을 축하드립니다!
아울러 "가정 성화(聖化)와 소확행(小確幸)을 위한 할아버지 사랑 이야기"라는 산문집 발간을 축하드리며 이 책을 추천합니다.

유정열 님은 직장을 다닐 때나 은퇴를 하신 후에도 주님이 주신 사명에 충실하게 살아오셨습니다. 은퇴 후에도 신앙생활과 봉사 활동을 꾸준히 하면서 신앙인들의 모범을 보여 주셨습니다. 바오로 사도처럼 "우리의 외적 인간은 쇠퇴해 가더라도 우리의 내적 인간은 나날이 새로워지고"(2코린 4.16) 있음을 증언하여 주셨습니다.

삶의 모범뿐만 아니라 삶의 지혜를 담은 이런 글을 내게 되시어 기쁘게 생각합니다. 본인의 노고에 감사드리고 그런 은총을 주신 주님께 감사드립니다.

배우자 간병할 때에도 정성과 사랑을 드러내는 모습이 보기 좋았습니다.

가정방문 할 때에 서로가 서로에게 감사하고 소중히 여기는 모습에서 부부의 아름다운 참 모습을 보여 주셨습니다. 배우자를 떠나보내시는 장례미사 때에도 애틋한 사랑을 글로 드러내어 많은 교우들의 공감을 불러일으켰습니다.

직장에서 오랫동안 성실하게 근무하면서 시간을 내어 글을 써오시더니 은퇴 후에도 삶의 열정을 불태우며 꾸준히 글을 써오심으로 삶의 지혜를 풍요롭게 발전해 오셨습니다. 이 책에서 독자 여러분은 은퇴 후의 노년을 행복하게 지내는 지혜를 만날 것입니다. 은퇴 후에도 인생을 더욱 풍요롭고 아름답고 보람 있게 살 수 있다는 것을 드러내고 있습니다.

또한 가정이 성가정 된다는 것이 얼마나 소중한지 잘 보여 주고 있습니다. 부부가 서로 격려하고 배려하고 아낄 줄 아는 지혜를 드러내고 있으며 그런 부부의 아름다운 모습은 자녀들에게도 좋은 영향을 주었습니다.

그리고 은퇴 후에 적극적인 신앙활동으로 서울대교구 노인사목부 미디어위원으로 오랫동안 활동하며 교구와 본당에서 여러 신앙활동을 아름답게 소개하고 있습니다.

특히 화곡본동성당의 활발했던 사목활동과 시니어아카데미 같은 단체들의 아름다운 사연들도 생생하게 만나게 될 것입니다.

"그리스도께서 나누어 주시는 은혜의 양에 따라… 성도들의 직무를 수행하고 그리스도의 몸을 성장시키는 일을 하도록 해야"(에페 4.7 참조) 하는 일에 충실한 유정열 요셉님에게 주님의 은혜와 사랑이 가득하길 빕니다.

2024년 7월 22일
화곡본동성당 주임신부 정월기 프란체스코

가정 성화(聖化)와 소확행(小確幸)을 위한 할아버지 사랑 이야기

추천사

　나의 시아버지, 작가 유정열 님!
　이 추천사는 아버님의 열정과 집념에 보내는 나의 열렬한 찬사입니다.

　여든의 나이에 마침표를 찍어낸 세 번째 책, 그 안에 담겨진 노년의 이야기에는 삶에 대한 깊이 있는 고찰과 신앙에 대한 진실한 믿음, 그리고 가족에 대한 애틋한 사랑이 담겨 있습니다.

　아마도 이번 책은 젊은이들에게는 깊은 사색의 경험을, 동년배에게는 진한 공감의 시간이 되어줄 것입니다.

　필체에는 힘이 있고, 생각은 선명하며, 감정에는 울림이 있습니다.
　그것이 이 책의 매력이기도 합니다.

　두 번째 책 출간 이후 세 번째 책이 나오기까지 10년의 시간 동안 아버님은 여러 차례 투병 생활을 하셨고, 또 지금은 고인이 되신 어머님의 간병까지 감당해 내셨습니다.

집필 작업이라는 것이 보통의 집념이 아니면 젊은이들도 이루어 내기 힘든 과정인데, 투병과 사별의 역경 속에서도 기록을 남기셨다는 것에 깊은 존경의 뜻을 전합니다.

이 책을 읽는 독자 여러분들도 많은 관심과 사랑을 전해주시길 부탁드립니다.

KBS 기자 이효연

친구란?

나와 하나의 영혼을 공유하는 소중한 사람입니다.

우정역시 인간이 추구해야 할 최고의 덕목입니다!

(아리스토텔레스 어록에서)

친구 또는 선배 형제 _____님께

저자(著者) 유정열 요셉 올림

저자의 고택(古宅) 정원

글 앞에서

격동의 32여 년 제일유니버설(주) 정년 이후 재직 중 경험한 영업 일선의 비즈니스 유머집과 노년 세대를 위한 인간관계의 소중한 가치와 신앙에 귀의를 수록한 산문집 **"별난 이야기 별난 행복"** 회갑 기념으로 출간한 이후 "생동하는 것이 참! 인생이야(Live is life)의 여정" 중 서울대교구 노인사목부 미디어위원으로 '가톨릭 시니어지 탐방 기사'와 서울교구 각 본당 소공동체 활성화를 위한 '길잡이 노년의 향기 칼럼' 수록에 이어 노년의 사유(思惟)와 담론을 수록한 대망의 **"노후(老後) 그래서 더 아름답다!"** 제2권 고희(古稀)기념 산문집을 출간했었지요.

2019년 12월 코로나19 사태로 인하여 17년여 노인사목부 미디어위원 활동이 중단되기까지 다양한 내용의 탐방기사와 영원한 생명의 여정을 향한 신앙 이야기와 저희 세 가정(저와 두 아들) 성(聖) 가정의 축복 속에서 손자녀의 성장의 기쁨과 희망 사랑의 공동체를 위한 부모의 바람과 소회담에 이어 특히 처(妻) 순덕 마리아의 4년여 병고 중 본인의 각고의 투병과 가족들의 지극한 간병과 치유

가정 성화(聖化)와 소확행(小確幸)을 위한 할아버지 사랑 이야기

의 염원을 뒤로하고 마지막 소풍을 끝낸 황망한 죽음 앞에 부디 기쁜 마음으로 하느님 얼굴 뵈옵는 '천상행복을 누릴 수 있도록 그동안 겪어 온 애환과 애도의 념'을 바보 남편 요셉이 서문에 삼가 아뢰옵니다.

이렇듯 노년의 낭만과 사유의 편린(片鱗)을 수록한 책 **"가정 성화(聖化)와 소확행(小確幸)을 위한 할아버지 사랑 이야기"** 산문집을 팔순 기념으로 출간케 되었습니다. 양서(良書)를 기대하는 '구독의 념(念)'에 부응코자 성심을 다한 작품으로 독자 제위께 다가가서 공감의 기쁨과 함께 소중한 일상에서 소확행(小確幸)을 누리시도록 축원할 것입니다.

세 번째 산문집이 나오기까지 가톨릭 서울대교구 서울주보와 매일미사 게시물에 소개된 사제단과 유관학교 교수님들의 신앙이야기, 추천사를 써 주신 화곡본동성당 정월기 프란체스코 주임사제와 이효연 KBS 기자(큰며느리)와 가족들의 성원에 이어 출판에 많은 기여와 도움을 주신 좋은땅 출판사 관계 분들께 감사드립니다.

감사합니다.

목차

CHAPTER 3 아름다운 인간관계 사례들

CHAPTER 4 천주교 서울대교구 노인사목부
"가톨릭 시니어지" 탐방취재

CHAPTER 5 **명시감상**(名詩感想)··· **시향**(詩香)**을 찾아서**

CHAPTER 9   **죽음의 고찰**(考察)

CHAPTER 1

진리가 너희를
자유케 하리라!

저자(著者) 고택(古宅) 도심 속 정원

초록의 향연 성하(盛夏) 청량감!

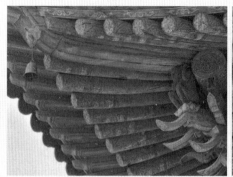

P.70

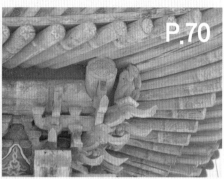

† 찬미예수님

이상순종사랑

삶의 신선한 질문으로 수가색을 맞이해준
서울대교구 남성 152차 푸른실표 교육현장

신비적 수덕적 사도적 영성체험의 잊을수 없는
사랑과 은총의 아름다운 추억과 기억의 순간들...

침묵과 성찰을 통한 자아발견여정첫
회심의 성체조배를 통한 참회의 감동을 안겨준 둘째날
성령께서와 기쁨을 안고 "만남의 장"으로 파하던 파견의 날

De colores 데콜로레스!

P.47

신선대

P.88

금강산 화엄사

1) 삼위일체(三位一體) 하느님

성부(聖父)와 성자(聖)와 성령(聖靈)은 하나의 실체 안에 세 위격으로 존재하시는 하느님의 신비를 확신시켜 주고 있습니다. 삼위일체의 신비 역시 한 분이신 하느님 안에 삼위가 계시다는 신앙고백입니다.

인간의 지혜로는 완전히 이해하기 어렵지만 하느님께서는 성서를 통하여 우리에게 알려 주신 바대로 세 위격 즉, 성부와 성자와 성령으로 계심을 가르쳐 주고 계시며 성부께서는 세상 만물을 창조하셨고 성자는 성부로부터 세상에 보내신 성부의 아들로써 우리의 모습대로 사람이 되시어 우리를 구원하셨으며 성령은 성부와 성자로부터 오시어 믿는 이들의 가정과 이웃 교회 안에 머무르시어 우리를 성화(聖化)시키고 사랑으로 일치시켜 주십니다.

또한, 삼위일체의 성부는 사랑 때문에 사람을 창조하셨고, 성자는 사랑 때문에 사람을 구원하셨고, 성령은 사랑 때문에 사람을 끊임없이 거룩하게 하심을 말해 주고 있습니다. 이 얼마나 큰 축복과 영광입니까? 주님의 이름으로 사랑합니다.

아멘.

이렇듯 삼위일체 신비를 믿는 것은 신앙의 기본이며 그리스도의 가르침을 파악할 수 있는 열쇠입니다. 어려운 시대에 적응하여 삶을 잘 살아가고자 노력하며 신앙에 입문한 두 아이들의 온전한 신앙 안에서 평화로운 성가정을 이루어 살며 특히 성장해 가는 어린 손자녀들의 올바른 신앙교육을 위하여 "삼위일체 하느님"이 어려운 말씀의 명제를 성서를 기본으로 명료히 정리하여 선물로 남겨주고 싶어 하는 고령의 아버지 또는 할아버지의 사랑의 작문입니다.

특히 난제의 말씀 정리에 도움을 주신 가톨릭 서울주보 칼럼의 신부님들과 최현순 데레사 서강대학교 전인교육원 교수님께 감사드립니다.

(1) 성부(聖父) 하느님

만물의 창조주이신 하느님은 유일한 존재이며 영원한 분이십니다. 또한 하느님은 우리 아버지이시며 예수 그리스도를 통하여 우리를 당신의 자녀로 삼아주신 사랑 자체이신 분이십니다.

불완전한 인간으로 우리의 궁극적인 구원신앙관 확립과 천지 창조사를 통하여 올바른 현세의 삶을 영위하고자 다음 말씀을 남겨 전하고자 합니다.

가정 성화(聖化)와 소확행(小確幸)을 위한 할아버지 사랑 이야기

천지 창조사(창세기 1.1~2.4)

하룻날

한 처음에 하느님께서 하늘과 땅을 지어내셨다.

땅은 아직 모양을 갖추지 않고 있어 어둠이 깊은 물위에 뒤덮어 있어 그 물위에 하느님의 기운이 휘돌고 있었다.

하느님께서 "빛이 생겨라!" 하시자 빛이 생겼다. 하느님께서 빛과 어둠을 나누시고 빛은 낮이다 어둠은 밤이다 부르셨다.

이튿날

하느님께서 물 한가운데 창공이 생겨 물과 물 사이가 갈라져라 하시니 그대로 되었다. 이렇게 창공을 만들어 창공 아래 물과 창공 위 물을 갈라 놓으셨다.

하느님께서 "하늘 아래 물이 한곳으로 모여 마른땅이 드러나거라!" 하시니 그대로 되었다. 마른 땅을 뭍이다. 물이 모인 곳을 바다라 부르셨고 창공을 하늘이라 부르셨다.

사흗날

하느님께서 "땅에서 푸른 움이 돋아나거라! 땅위에 낟알을 내는 풀과 씨 있는 온갖 과일나무가 돋아나거라!" 하시니 그대로 되었다. 이리하여 낟알을 내는 온갖 풀과 씨 있는 온갖 과일나무가 돋아났다.

나흗날

하느님께서 "하늘 창공에 빛나는 것들이 생겨 밤과 낮을 갈라놓고 절기와 나날과 해를 나타내는 표가 되어라! 또 하늘 창공에서 땅을 환히 비추어라!" 하시자 그대로 되었다. 이렇게 두 큰 빛 가운데 더 큰 빛은 낮을 다스리고 작은 빛은 밤을 다스리게 하셨다. 또 별들도 만드셨다.

닷샛날

하느님께서 "바다에 고기가 생겨 우글거리고 땅위 하늘 창공 아래는 새들이 생겨 날아다녀라!" 하시자 그대로 되었다. 하느님께서 "땅은 온갖 동물을 내어라!" 하시니 그대로 되었다. 하느님께서 이렇게 온갖 들짐승과 집짐승들과 땅 위를 기어다니는 길짐승을 만드셨다.

하느님께서 보시니 참 좋았다.

엿샛날

하느님께서 "우리 모습을 닮은 사람을 만들자! 당신의 모습대로 사람을 지어내시되 남자와 여자로 지어내시어 이들에게 복을 내리시어 자식을 낳고 번성하여 온 땅에 퍼져 땅을 정복하여라. 바다의 고기와 공중의 새와 땅 위의 모든 짐승을 부려라!" 이렇게 천지창조의 엿샛날의 밤과 낮 하루가 지났다.

이리하여 하늘과 땅과 그 가운데 있는 모든 것이 다 이루어 졌다. 하느님께서 엿샛날까지 하시던 일을 마치시고 이랫날에 모든 일에서 손을 떼어 쉬셨다. 이날을 거룩한 날로 정하시어 복을 주셨다.

하늘과 땅을 지어 내신 순서는 위와 같았다. (창세기 2.4)

우리의 궁극적인 지향 "구원신앙관 확립"

구원이란?

구원의 사전적 의미는 죄와 죽음과 고통에서 건져내 줌을 의미합니다. 원조 아담과 하와의 범죄로 낙원에서 쫓겨난 인간은 다시 하느님 계신 곳으로 가고 싶어 하나 자기 힘으로 갈 수 없게 되었습니다.

하느님과 인간 사이에는 도저히 건널 수 없는 심연의 계곡이 생겼습니다. 수백 길 되는 계곡을 건널 수 없으나 하느님께서 다리를 놓아 주시고자 외아들을 보내 주셨습니다.

예수님이 오셔서 십자가로 다리를 놓으셨습니다.

우리는 이 십자가를 통해서 하느님께 가게 되었습니다.

이것이 구원입니다.

하느님 나라는 슬픔과 괴로움 죽음도 없고 행복이 가득한 연원한 생명의 나라입니다. 우리의 인생이 잠시의 것이라고 생각해선 안 됩니다. 또한, 하느님께서는 성자를 통하여 성령 안에서 이루어진 구원이 모든 시대 모든 사람들 안에서 실현되도록 하십니다.

그러므로 우리가 예수님을 믿고 따른다면 영원한 생명을 얻을 수 있습니다.

신학자 앙리 뤼박의 말처럼 우리는 삼위일체 하느님의 업적으로 교회가 존재한다는 것을 믿어 교회가 하느님 구원이 가장 효과적으로 발생하는 장이라는 것을 믿어야 합니다.

(2) 성자(聖子) 예수 그리스도

　성차… 성령으로 인하여 동정녀 마리아에게 잉태되어 태어나신 하느님의 아들이신 그리스도이십니다. 우리는 이를 믿고 따르려는 신앙고백으로 신앙생활을 영위합니다.

　성자께서는 하느님의 모상대로 창조되었으며 하느님을 닮은 존재가 되도록 운명 지어진 우리가 주님의 신적인 생명에 참여하기 위하여 인간이 하느님 모상이란 말씀을 잘 새겨야 합니다. 그 모상을 통하여 하느님을 알고 사랑할 수 있는 능력을 받았음을 의미하는 것입니다. 예수 그리스도의 죽으심과 부활을 통해 우리의 죄를 없애시고 당신과 화해시키셨으며 예수님과 같이 부활하리라는 희망을 안겨 주셨습니다.

　그러므로 예수님 자신이 우리가 지향하고 도달해야 하는 궁극적인 구원의 목적이십니다.

　　얼마나 큰 기쁨이고 사랑입니까?
　　하느님 감사합니다.
　　하느님 사랑합니다.
　　아멘.

　이제 당신의 신성을 고백하며 우리의 마음 밭에 묻혀 있는 말씀의 씨앗을 찾아 키워 나가야 할 것이며 나의 마음 안에 깃든 영혼의 선하심과 아름다움을 찾아 하느님 자녀로 올바르게 살아가야 합니다.

예수님 제자들도 그분의 탄생과 수난과 돌아가심을 목격하고 부활과 성령 강림까지 체험한 후 그분이 하느님 아들이심을 깨닫게 됩니다.

베드로 사도의 신앙고백과 수난 예고의 그날 밤 열두 제자들과 함께하신 최후의 만찬에서 수석 제자인 베드로에게 "오늘밤 새벽이 오기까지 너는 나를 모른다고 세 번 부인할 것입니다."라고 합니다. 베드로는 십자가의 심판 집행이 엄습해 오는 순간에 베드로는 닭이 울기 전에 "나는 저 사람을 알지 못합니다."라며 예수님 말씀대로 세 번 부인합니다. 베드로의 인간적인 모습에서 우리의 모습을 대입시켜 공감을 불러온 죄인의 형상을 지울 수 없음을 고백합니다.

이 제자들을 향해 예수님의 정체성을 묻는 질문에서 "너희는 나를 누구라고 하느냐." 베드로가 "스승님은 살아 계신 하느님의 아드님 그리스도이십니다."라고 합니다.

이렇듯 예수님의 거룩한 변모를 보고 파악한 후 베드로는 "주님이 원하시면 제가 초막 셋을 지어 주님과 모세와 엘리야에게 봉헌하고 주님과 함께 살겠습니다."(마태 17.4)라고 합니다. 베드로가 말을 끝내기 전에 빛나는 구름이 그들을 덮었습니다.

그리고 구름 속에서 "이는 내가 사랑하는 아들, 내 마음에 드는

아들이니 너희는 그의 말을 들어라." 하는 소리가 났습니다.(마태 17.5)

"나는 너에게 말한다. 너는 베드로이다. 내가 이 반석 위에 교회를 세울 터 인즉 저승의 세력도 그를 이기지 못할 것입니다. 나는 너에게 하늘나라의 열쇠를 주겠다."

하느님은 사랑이십니다(요한1서)

우리가 서로 사랑하면 하느님께서 우리 안에 머무르시고 그분 사랑이 우리에게서 완성됩니다. 독생성자를 세상에 보내신 것도 우리 사람들을 사랑하고 구원하고자 우리 모습으로 태어나신 것입니다.

하느님께서는 세상을 너무나 사랑하신 나머지 외아들을 내 주시어 그를 믿는 사람은 누구나 멸망하지 않고 영원한 생명을 얻게 하셨습니다.(요한 3.16) 이 얼마나 큰 사랑이고 축복입니까? 그러함으로 사랑은 그리스도인에게 삶의 목표이고 방법임을 깨닫고 사랑을 위하여 사랑을 향하여 쉼 없이 걸어가야 할 완전한 성덕의 길이 되어야 할 것입니다.

하느님 나라는 너희 가운데 있습니다(루카 17.20~21)

"하느님 나라는 눈에 보이는 모습으로 오지 않는다. 보라 여기에 있다. 또 저기에도 있다. 하고 사람들이 말하지 않을 것이다. 보라 하느님 나라는 너희 가운데 있다."

어려운 현실을 사노라면 나날의 일상에서 천당과 지옥을 오가며 사는 게 아닌가 싶을 때가 있습니다. 하느님 나라 천국(天國)은 죽음 이후 가는 곳으로 알고 있는데 여기(루카 17.20~21) "하느님 나라는 너희 가운데 있다"라고 하셨으며(요한 5.24) 내 말을 듣고 나를 보내신 분을 믿는 사람은 영원한 생명을 얻을 것입니다. "그 사람은 이미 죽음의 세계에서 벗어나 생명의 세계로 들어섰다."라고 하셨습니다.

하느님과 그분이 보내신 예수 그리스도를 알고 믿는 자는 이미 하늘나라에 와 있는 것입니다. 이러한 진리를 알게 될 것이며 진리가 너희를 자유롭게 할 것입니다.

하느님 나라 곧 천국은
살아 계신 하느님께서 계신 곳으로
현세에도 현존하시어 우리 삶을 주관하시고
역사의 매순간에 관여하시는
산증인이며 실체이십니다.

그러함으로 우리는
서로의 부족함을 알고
서로를 의지하며
서로를 향한 사랑 안에서
그리스도를 통하여

그리스도와 함께

그리스도 안에서

하느님 나라가 완성될 것임을 믿습니다.

3. 성령(聖靈)

성서에서 성령은 하느님의 얼, 숨결, 바람, 거룩한 영(靈)으로 표현되며 예수님께 비둘기 모양으로 내려오신 분으로 소개됩니다.

성령은 세 위격중 제3위십니다. 인간을 성화시키고 하느님께 이끄시는 역할을 하십니다. 성령은 하느님으로서 성부와 성자와 같으신 분이십니다.

이분은 영원으로부터 계시며 전지전능하신 분이십니다.

예수님의 탄생도 '성령으로 동정녀 마리아에게 잉태되어 나신 분'이라고 고백합니다. 예수님께서 인간적인 사랑이 아니라 하느님의 사랑으로 즉, 성령으로 잉태되셨다는 것입니다.

또는 성령이란, 서로 사랑하는 성부와 말씀이 (말씀이 사람이 되시어 우리와 함께 계시다.) 나누는 입맞춤의 숨결과 같습니다. 즉 샘과 같은 성부께서 성자에게 스스로 내어주시며 이 사랑의 교류에서 하느님의 입맞춤인 성령이 생겨나는 것이라고 '피에르 신부'의 단순한 기쁨에서 전해 주고 있습니다.

바오로 사도의 말씀처럼 성령에 힘입지 않고서는 그 아무도 "예수님은 주님이시다"라고 고백할 수 없다고 선언하십니다. 교회와 제자들로 하여금 하느님을 아빠 아버지라고 부르게 하시는 분이 성령이신 것입니다.

이레네오 성인은 이렇게 말씀하십니다. 교회가 있는 곳에 성령이 계십니다. 그리고 성령이 계신 곳에 교회의 온갖 은총이 있습니다. 하여 교회는 하느님의 지체입니다.

성령께서 인간의 성화를 위해 주시는 7가지 은혜,
성령칠은(聖靈七恩)

1. 슬기 : 하느님을 공경하고 우리 구원을 위해 관심을 갖고자 하는 마음
2. 통달(通達) : 교리의 어려운 부분을 잘 알아듣는 은혜
3. 의견(意見) : 선과 악을 구별하고 구원을 위한 요구사항을 판단하는 능력
4. 굳셈 : 신앙의 힘으로 무장하여 죄악과 악마와 거슬러 싸울 수 있는 능력
5. 지식(知識) : 교리와 성서의 뜻을 잘 알아듣는 은혜
6. 효경(孝敬) : 우리에게 생명을 주시는 하느님을 아버지로 모시고 사랑하고 신뢰하고 의탁하는 은혜
7. 두려워함 : 우리의 잘못으로 하느님 아버지의 마음을 상해 드릴까 봐 두려워하는 것

2) 물이 그 주인을 만나니 얼굴이 붉어졌도다!

영국 명문대학 옥스퍼드 종교학 포럼에서 "물을 포도주로 바꾼 예수님의 기적 사건에 대해 논하라."고 하였습니다. 포럼시간이 종료되기까지 창밖 정경에 멍 때리고 있던 낭만파 시인 조지고든 바이런은 진행 교수의 독촉에 그냥 주섬주섬 제출한 리포트가 촌철살인(寸鐵殺人) 신(神)의 물방울에 관한 예화 리포트가 "물이 그 주인을 만나니 얼굴이 붉어졌도다"로 화제의 명작이 된 것입니다.

성서의 말씀대로 가나의 혼인잔치 집에 술이 떨어진 낭패스런 사정을 파악하신 마리아 어머니께서 아들 예수님에게 첫 번째 당부를 하십니다.

혼인잔치 집에 술이 떨어졌으니
얼마나 큰 낭패입니까? 술을 빚어 주십시오.
아들 예수님의 반신반의 한 허락에 따라
마리아 어머니는 그 집종들을 시켜
항아리에 물을 가득가득 채워 놓도록 하셨습니다.

예수님의 축성으로 그 물들이 포도주로 바뀌는
첫 번째 기적을 행하신 것입니다.
혼인 잔치를 성대히 마친 그 집 혼주들이
마리아 성모님과 예수님께 두 손 합장하여 감사드립니다.
감사합니다! 감사합니다!
알렐루야! 알렐루야!

3) 삼덕송(三德頌), 신망애(信望愛)는 신앙의 근본

신망애(信望愛) 즉 믿음, 희망, 사랑은 삶의 근본과 귀감이 되기도 하지만 예수 그리스도를 믿는 신앙인들에게는 신앙의 핵심이기도 합니다.

가톨릭교회의 주요 기도문에 삼덕송(三德頌)기도문이 있습니다. 믿음, 희망, 사랑을 찬미 노래한 향주삼덕기도문으로 깊은 의미를 담고 있어 함께 가슴에 새기고자 합니다.

신덕송 : 하느님, 하느님께서는 진리의 근원이시며 그르침이 없으시므로 게시하신 진리를 교회가 가르치는 대로 굳게 믿는가입니다.

망덕송 : 하느님, 하느님께서는 자비의 근원이시며 저버림이 없으시므로 예수 그리스도의 공로를 통하여 주실 구원의 은총과 영원한 생명을 바라는가입니다.

애덕송 : 하느님, 하느님께서는 사랑의 근원이시며 한없이 좋으시므로 마음을 다하여 주님을 사랑하며 이웃을 제 몸같

가정 성화(聖化)와 소확행(小確幸)을 위한 할아버지 사랑 이야기

이 사랑하는가입니다.

향주(向主)는 주님께로 향함을 뜻하며 신망애 삼덕(三德)은 하느님을 향한 신앙의 근본과 덕행으로 누구나 새겨야 할 핵심 교리이기도 합니다.

우리가 지향하는 신앙생활 역시 하느님께 의탁하는 믿음을 시작으로 영원한 생명의 하느님 나라를 희망하며 하느님 사랑으로 귀결 완성됩니다.

또한, 신구약 성서에 믿음 희망 사랑을 위한 친화와 긍정의 말씀으로 곳곳에 게시하여 가르쳐 주고 있습니다.

구약 하박국 2.4에서는 "의로운 사람은 그의 신실함으로 살아간다."라고 하였습니다. 하느님의 응답은 다름 아닌 믿음이었고 그 믿음은 하느님을 바라보고 붙잡고 있는 신실함이었습니다.

이렇게 말씀해 주십니다.

저희들이 매년 기다리는 구세주 탄생의 기쁜 성탄(merry christmas) 역시 믿음 안에 희망이 있고 그 희망의 기다림으로 사랑의 열매를 맺는 것과 같이 그 믿음으로 하느님의 역사하심을 기다리고 희망하며 기도하는 사람들에게 베풀어 주시는 사랑의 축복이 바로 성탄입니다.

"하늘에는 영광! 땅에서는 평화!" 이렇게 성탄을 축하하고 찬양하지요.

이제 저희는 믿음의 성실함으로 온갖 시련을 이겨 낼 수 있다는 확신과 희망으로 기쁘게 참고 기다리면 바라고 원하는 대로 큰 보람과 결실의 축복을 받게 될 것입니다.

"하느님 저희를 살펴주십시오, 당신만을 위해 살겠습니다." 이렇게 거듭 다짐하게 됩니다.

아멘.

신약의 데살 1.3에서는 "천주 하느님 앞에서 여러분의 믿음의 행위와 사랑의 노고와 예수그리스도에 대한 꾸준한 희망의 인내를 기억합니다."라고 합니다.

공중에 나는 미물의 새도 먹고 입는 것을 걱정하지 않는데 하물며 만물의 영장인 인간이 걱정이 많은 것은 욕망 때문이 아닌가요?

이미 공중에 나는 새는 가지에 앉아 잠자는 새가 아니라 공중 높이 날아 고단한 날갯짓으로 노고를 다 하지 않는가요?

이렇듯 믿음의 기다림과 희망의 인내와 사랑의 노고를 기억하며 향주삼덕 믿음 희망 사랑의 축복을 누릴 수 있도록 저희 모두는 신실한 삶을 살아야 합니다.

믿음 안에서 사랑과 희망 나누려고
이렇게 왔나이다.
삼덕송 찬미 노래 부르려 왔나이다.

주여 어서 오시어 축복하시고
신망애(信望愛) 향주삼덕 온 세상에 전하고 나누어서
당신 사랑으로 공동선(公同善) 이루어 살게 하소서.

또한, 저희 얼굴에서
믿음의 향기 희망의 향기 사랑의 향기와 함께
그리스도의 향기를 방향하는 삶을 살도록 이끌어 주소서.
아멘.

4) 김수환 추기경 강론 중에서
"고통은 새로운 세계를 여는 문"

인생에서 고통이 없으면 깊이가 없는
인간의 모습을 지닌 비정한 인간일 뿐이다.
(김수환 추기경님의 강론 중에서. 의정부교구 사제 연례피
정 서울대교구 사제평생교육)

이 고통은 "새로운 세계로 향하는 문"입니다.

고통이 우리를 더욱 깊이 있는 인간, 더욱 신앙적인 인간으로 만
들어 주고 우리로 하여금 더욱 하느님께로 향하게 하며 그리스도를
닮게 해서 참된 신앙의 삶을 살게 하는 것입니다.

일상을 살아갈 때 어떤 때는 지루하고 무의미한 시간으로 비칠 때
도 있습니다.

또, 어떤 때는 남에게 인정받지 못해 소외감을 느껴 자괴감에 빠
질 때도 있어 "왜 하필 내가 이 자리에" 지독한 외로움에 빠져들게
됩니다.

사제 여러분과 또 신앙인들은 자기 자신 그대로 받아들일 줄 아는 의연함과 담대함이 중요함을 잊지 말아야 합니다.

이것이 믿음이기 때문입니다!

우리가 바치는 묵주기도에도 "환희와 신비가 있고 또 고통의 신비"가 있지 않은가요?

기쁨이 있으면 고통이 올 때도 있다는 삶의 본질과 실상을 부정하지 마십시오.

그래서 그리스도교 신앙에서 인간이 느끼는 고통을 신비라고 합니다.

그만큼 고통은 우리 삶을 더 풍요롭고 의미 있게 만들어 주고 성숙시켜 주고 있습니다.

삶에 드리운 어려움과 고통을 담담히 받아들일 줄 아는 지혜를 터득하는 것이야말로 "행복해질 수 있는 비결입니다."

이래서 인간만사 새옹지마(塞翁之馬)라고 하지 않던가요?

故 김수환 추기경께서 당부하신 감명어린 말씀이 사제들뿐만 아닌 평신도인 저희 신자들과 세인들이 공감, 확대되어 큰 위로와 귀감으로 새겨지도록 옮겨 정리합니다.

5) 말씀의 선교 수도회 배형진 야고보 신부님
"시니어 영성"

"그들은 이 말씀을 듣고 나이 많은 자들로부터 시작하여 하나씩 하나씩 떠나갔다."(요한 8.9) 여기서 나이 많다는 그 자체가 무엇인가요?

나이가 많으면 많아질수록 어떤 자세와 의식, 인성과 영성을 가지게 되는 것일까요?

50세를 지나서 60세를 향해 갈수록 흰머리가 나고 주름살이 생기고 머리가 빠져 대머리가 되고 힘이 약해지는 등 신체적 변화가 일어난다는 것은 나이가 많아지고 있다는 증거입니다.

이러한 현상들이 일어나면 노인이 되고 있다는 것을 의식하고 일반적으로 사람들은 불안해합니다. "나는 맛이 갔구나. 젊었을 때의 모습은 어디로 갔는가."라고 탄식하며 힘들어합니다. 그래서 사람들은 자신의 나이 보다 젊어 보이기 위해서 모든 방법과 수단을 동원하려고 합니다.

염색을 하고 가발을 사용하며 주름 제거 수술 및 성형수술 갱년기

가정 성화(聖化)와 소확행(小確幸)을 위한 할아버지 사랑 이야기

연장약을 처방받는 등 젊어 보이기 위하여 여러 가지 방법들을 총 동원합니다. 우리 사회가 이런 것을 요구하고 모든 매스컴과 사회의 흐름이 간판 중심에 있기 때문입니다.

겉으로 보이는 것을 우선적으로 생각하는 사회의 흐름 때문에 사람들은 나이 많으면 많을수록 불안해합니다.

자연과 영성적인 관점에서 나이 많은 것을 살펴봅시다.

나이 많다는 것 자체는 사람이 자연스럽게 익어 간다는 것을 보여 줍니다 이 세상의 모든 피조물들은 때가 오면 익어 갑니다. 과일이나 열매들이 잘 익으면 사람들이나 짐승들이나 새와 곤충들이 따 먹습니다. 익지 않은 과일이나 열매는 먹지 않습니다. 맛이 없기 때문입니다.

사람도 나이를 먹을수록 점점 익어 갑니다. 완전히 익으면 누가 그를 먹기 위해서 기다리고 있습니다. 우리 그리스도교의 신앙으로 볼 때 하느님이 우리를 먹기 위해서 기다리고 계십니다. 하느님의 입은 천국의 문이고, 하느님의 배는 천국입니다. 상징적인 표현이지만 나이를 많이 들면 들수록 불안해하는 것이 아니라 설레고 행복의 방향으로 가는 의식을 가져야 합니다. 그런데 우리 사회는 외적인 가치관을 활성화시키면서 나이가 많으면 많을수록 사람을 이기적인 방향으로 가도록 유도합니다.

시니어 영성 3가지 "G"를 통해서 나누겠습니다.

1. G : Grey, 회색. 나이 50세가 넘으면 흰머리와 주름살, 대머리의 현상들이 일어납니다. 이런 현상들을 자연과 영성적인 관점에서 볼 때 사람이 아름다운 절정의 방향으로 간다는 말씀입니다. 사람이 익어 가는 방향이기 때문에 익지 않은 젊은 이들과 비교하면 안 됩니다. 하느님이 완전히 익은 사람을 먹기 위해 기다리고 계시는 것이지 익지 않은 젊은이들을 기다리고 계시는 것이 아닙니다. 하느님께 갈 날이 얼마 남지 않았기에 불안해할 일 없이 있는 그대로 받아들이면서 설렘과 희망으로 살아가야 합니다.

2. G : Grace, 의젓함.(문자 그대로 번역하면 '은총'입니다.) 나이가 들면 들수록 자연과 영적인 관점에서 볼 때 사람이 의젓해지고 차분해지고 말을 많이 하지 않고 귀를 기울이며 경청하려 하고 모든 음직임을 천천히 하며 여유로워지고('빨리빨리'라는 사회의 개념에서 해방되고) 경쟁하지 않으며 시기 질투를 하지 않습니다. 그런데 현실은 일반적으로 살펴보면 정반대입니다. 나이가 들면 들수록 쓸데없는 말들이 많아집니다. 남의 말에 귀를 기울이는 것보다 자기 자랑을 할 때가 많습니다. 나이 많다고 해서 자기보다 젊은 사람을 무시할 때가 많습니다. 배려하는 것보다 대접을 받으려고 하는 것이 많습니다. 일반적인 사회의 흐름들이 우리를 이렇게 만들었습니다. 이 모든 부정적인 흐름을 자연 있는 그대로와 영적인 의식으로 깨닫고 이겨 내며 극복해야 합니다.

3. G : Great, 위대함. 환갑을 지난 나이부터 사람이 이제 진정

가정 성화(聖化)와 소확행(小確幸)을 위한 할아버지 사랑 이야기

으로 시니어가 되는 것입니다. 환갑의 의미는 모든 욕심과 욕망을 내려놓는 나이입니다. 모든 움직임들을 늘리는 것뿐만 아니라 마음 자체도 늘리게 되는 것입니다. 노인이 되면 두 가지 현상들이 일어납니다. 첫째는 눈이 약해지기 시작하면서 가까이 있는 것이 보이지 않습니다. 그 이유는 멀리 보라는 말씀입니다. 가까이에서 무슨 일이 일어나도 보이지 않는 척하라는 말씀입니다. 그만큼 넓고 너그러운 마음을 가지라는 말씀입니다. 둘째는 귀가 약해지는 현상입니다. 그 이유는 듣지 말라는 현상입니다. 사람들이 무슨 말을 하든지 욕하든지 비판하든지 아예 듣지 말라는 말씀입니다. 들리지 않으면 사람의 말에 관하여 반응할 일이 생기지 않습니다. 그리하면 화낼 일이 없고 싸울 일도 없고 억울할 일도 없을 것입니다. 그런데 현실은 정반대일 때가 많습니다.

4. 나이 육십 넘으면 무엇인가 되려고 하는 마음을 내려놓는 것이 자연과 영적인 원리입니다. 즉 가정에서 가장의 자리, 학교에서 교장-총장의 자리, 회사에서 사장-회장의 자리, 정치에서 국회의원-장관-대통령-수상-왕, 여왕의 자리, 종교이서 교황, 추기경, 대주교, 주교, 주임신부, 수도원 총장-관구장-지부장-아빠스의 자리, 개신교에서는 목사의 자리, 불교에서서는 스님의 자리 등등입니다. 이제 할 만큼 했으니까 육십 이하의 사람들에게 믿고 맡겨야 합니다. 노인들은 오로지 너그럽고 넓은 마음, 사랑과 용서의 마음, 따뜻함과 인자한 마음, 배려와 양보의 마음, 돈과 가

정과 세상의 관한 욕심 없는 마음을 가져야 합니다.

5. 70 넘어서 80세의 방향으로 가면 하늘에서 비치는 태양처럼 별들과 달처럼 우주에서 부는 바람처럼 하늘에서 내리는 비와 눈처럼 바닷물과 산들처럼 모든 사람과 피조물들에게 자비의 마음을 가져야 합니다. "하늘의 계신 아버지께서 자비로우신 것처럼 너희도 자비로운 사람이 되어라"(마태오 5.48) 자연과 영성적인 관점에서 볼 때 이것이 진정한 시니어 영성입니다. 우리 사회가 자연과 영성적인 것을 어기면서 잘못된 시니어들의 행동과 의식들을 유발하게 됩니다. 영적으로 깨어난 시니어들이 진정한 사회의식과 영성을 건설해 나가시길 바랍니다.

6. 추인 : 배형진 야고보 신부님은 인도 선교사로 우리에게 오셨으며 '말씀의 선교 수도회' 소속으로 게시며 제가 화곡본당 교육문화 분과장 때 3차례 초청 말씀의 피정과 성령쇄신 강론을 하셨습니다.

가정 성화(聖化)와 소확행(小確幸)을 위한 할아버지 사랑 이야기

6) 노년의 아름다운 회상(回想)
"꾸르실료 스타 탄생"

이상, 순종, 사랑, 이렇게 강당에 새겨진 삶의 질문이 선명하게 다가와 서울대교구 남성 152차 꾸르실료 교육생을 맞이하던 40여 년 전 그날을 회상합니다. 당신의 사랑과 은총 안에서 살아오면서도 확고한 신앙관을 정립하지 못하고 실존적인 가치에 큰 비중을 두었던 치열했던 삶의 현장에서 잊을 수 없는 체험을 통하여 진정한 하느님의 사랑과 은총을 깨달을 수 있었던 감동과 신비의 두루마리 펼쳐짐….

침묵과 성찰을 통한 자아발견의 첫날
회심의 성체조배를 통한 통회의 감동을 안겨준 둘째 날
변화된 모습으로 '만남의 장'으로 향하던 파견의 날

그토록 진솔하고 아름다운 신비적, 수덕적, 사도적, 영성체험을 잊을 수 없었던 그날로부터 많은 세월이 흐른 지금 "노년의 아름다운 회상"이란 제목으로 〈뛰어라〉를 대신하고자 합니다.

돌아보면 꾸르실료 수료 이후 지체인 교회의 사도직 활동과 사회 활동에서 지도자 양성을 위한 강력하면서도 특수한 영성 교육으로 인식하여 본당의 봉사활동으로 사목위원(선교, 노인, 교육문화) 분과장과 성체분배 울뜨레아 간사 등 자원봉사의 보람과 함께 신심 함양에 큰 계기가 되었지요.

그리고 32여 년 재직했던 직장에서도 국내외 영업과 마케팅 활동으로 회사와 더불어 공동발전의 큰 획을 긋는 역할을 수행할 수 있었습니다.

돌아보면 참으로 큰 축복이며 은총이었지요!

정년 이후 32여 년 재직 중에 경험한 영업 일선의 생생한 사례들과 비즈니스 유머를 실은 산문집을 회갑 기념으로 출간하여 전국 서점에 선을 보이게 된 것이 계기가 되어 서울대교구 모범 노인대학 탐방취재 기자로 신명나게 보낸 17년여 각 본당 노인대학장과 봉사자들의 성원과 사랑을 받아 온 잊지 못할 추억과 더불어 지금까지 노인사목부 미디어위원으로 "가톨릭 시니어지" 각종행사와 예능 사회부 데이케어센터 취재 활동에 이어 제14대 서울대교구장 염수정 대주교 착좌 미사봉헌과 2017년 파티마성모 발현 100주년 기념식과 그해 10월 노인의 날 기념행사 가톨릭 어르신 큰 잔치 등 크고 작은 행사와 기념식 취재 활동에 지속 참여해 오고 있습니다.

초노(初老)의 본인에게 재충전의 기회와 활기찬 일상을 보낼 수 있도록 기회를 주신 노인사목부 사제단과 직원들 기자단 선생님들

가정 성화(聖化)와 소확행(小確幸)을 위한 할아버지 사랑 이야기

과 관계자 분들께 감사하며 열성을 다하고 있습니다.

특히 소속 본당(화곡본동성당)에선 본인의 군번으론 힘들 수도 있지만 교육문화 분과장을 자원하여 주임사제의 적극적인 성원으로 성능 좋은 빔 프로젝터와 전동 스크린을 대성전에 설치하여 교회 일치와 친교를 위한 지향으로 명화 감상과 봄가을 음악회를 유치하여 가족들과 교우간의 소통과 친교는 물론 시대에 맞는 교회 역할과 비신자 전교에 기여하고 있으며 본당 홈페이지(home page) 관리 책임자로 활동을 이어오고 있습니다.

본당 제10대 주임사제 정연정 디모데오 신부님 재직 중 2019년 9월 화곡본동성당 설립 50주년 기념 축제를 준비하는 중 본인이 사진전 출품을 맡아 약 10개월 기획 사료조사 10분의 주임사제 임기별 역할과 신앙생활의 이모저모 등 본당을 대표하는 중요단체(시니어아카데미, 선미유치원, 청년연합회) 활동안내와 공동사목 개시 후 2개 본당 분당/본당 출신 사제 수품기록/4개 성당 분당 실사(발산, 화곡2동, 신월1동, 우장산성당)/역사의 사실적 게재와 사진전 작품을 수록한 25분 동영상 제작까지 교육문화 분과원과 새한칼러 이재현 안젤모와 함께하여 큰 보람을 봉헌할 수 있었습니다.

이제 저희들 앞에 도래한 100세 노년 시대에서 인생은 60이 아닌 80부터라고 하는 격변의 초고령사회 현실에서 평화로운 일상을 도모하며 성심을 다하여 하느님을 주인으로 모시고 열심한 신앙인으로서 가정과 이웃, 교회로 닦아 가도록 다짐하며 감사의 노래(시편 51)를 바쳐 〈뛰어라〉로 마감합니다.

"감사의 노래"

하느님 깨끗한 마음 새로 지어주시고
꿋꿋한 뜻을 세워 주소서
당신 앞에서 나를 쫓아내지 마시고
당신의 거룩한 뜻을 거두지 마소서

그 구원의 기쁨을 내 안에 굳혀 주소서
악인들에게 당신의 길을 가르치리니
빗나갔던 자들이 당신께로 되돌아오리라.

데꼴로레스!

가정 성화(聖化)와 소확행(小確幸)을 위한 할아버지 사랑 이야기

CHAPTER 2

휴머니티를
회복시켜 주는
유머와 재담(才談)

1) 신부님 이야기
배꼽 잡는 사자성어… 시벌노마(施罰勞馬)

한 해가 벌써 절반으로 접어드는 여름날 아침 식사를 막 끝내고 정원 잔디밭에 떨어진 나무 이파리들을 줍는데 집사람이 T.V에 당신이 좋아하는 홍성남 신부님 나오셨다며 시청을 재촉합니다. 신부님 이야기 〈3〉편에서 "괜찮아요! 아버지와 아들 관계이니까요." 언급에 이어 "차라리 화(禍)를 내라." 심령을 다스리는 두 번째 강의를 KBS 1 〈아침마당〉에서 시청하는 행운을 맞게 됐습니다.

그렇습니다.
누구나 사노라면 "분통이 터지도록 화가 날 때가 있습니다." 이럴 때 인내의 한계를 느끼며 화를 낼 수밖에 없는 경우가 허다합니다. 예수님께서도 제자들과 친구들에게 욕을 하지 말라고 권고하시면서도 화를 내실 때는 욕을 섞어 가며 열불을 토 하셨습니다. 이러한 예는 베드로 제자가 하느님의 일을 방해하려고 유혹할 때 화를 내시며 "사탄아!"라고 꾸짖는 장면에서 잘 말해 주고 있잖습니까?

바리사인들이 당신의 비난과 모함적인 이야기에도 전혀 두려워하

가정 성화(聖化)와 소확행(小確幸)을 위한 할아버지 사랑 이야기

지 않으셨던 것과 같이 우리도 사노라며 느끼는 분통과 화를 예수님처럼 올바로 느끼고 잘 살펴 행하면 전혀 죄가 되지 않는다는 사실을 깨닫고 이러한 행동을 시의(時宜) 적절히 실천하는 것 역시 신앙인의 참! 용기일 것입니다.

이어서 '내 안의 나'의 못난이 자격지심(complex)에 관한 이야기를 다루시면서 홍 신부님의 인간미 넘치는 풋풋한 이야기로 강의는 계속됩니다.

"다른 신부들은 많은 미모(美貌)의 여성들을 뿌리치고 신부 되었는데 홍 신부님 자신은 오겠다는 여성이 없어서 신부되었다."라고 하시며, 각자 주어진 삶을 살아오면서 가슴속에 안고 살아온 "내 안의 나"의 존재를 인식하고 철없는 나를 위로하고 돌보아 주어야 한다고 말씀하십니다.

그리고 하루 일을 무사히 끝내고 잠자리에 들기 전 정좌(定座)로 침묵하며 "내 안의 나"를 떠올려 내 이름을 조용히 불러주며 격려 위로하며 칭찬하라고 하십니다.

이렇게 매일같이 계속하면 틀림없이 평온한 일상이 보장됩니다.

이어서 가상적 이면서도 어느 성당에 있을 법한 예화를 추론하여 재미있게 들려주십니다. 대도시 성당에서 교회 운영상 방향과 사고의 차이로 인해 심각한 갈등과 시비가 엇갈리는 안타까운 경우가 발생할 경우 이를 수습하기 위해 광역 지구를 대표하는 교구장 신부님을 모시고 사목방문의 중요한 소통의 자리를 갖게 되고 합니다.

사목 운영의 문제점을 파악한 교구장 신부님 무언으로 일관하시며 주임신부 스스로가 인지하여 풀어 가도록 무언의 메시지로 여운을 남기게 되며 사목회장을 비롯한 사목위원들을 향해선 스스로 돌아보고 문제의 핵심을 방관하지 않았는지 회심(回心)의 염을 남기게 되는데 주임신부 교구장님의 서예 실력을 들어 알고 있던 터라 준비된 서예용품을 대령하며 원활한 사목운영과 교회 발전을 위한 사자성어(四字聖語)의 덕담을 남겨 주시도록 교구장 신부께 부탁합니다. 예기치 않은 부탁에 당혹함을 내색하지 않고 다음과 같이 붓 끝의 흐름에 따라 힘 있는 서체로 "시벌노마(施罰勞馬)"를 남깁니다.

주임신부 지극정성으로 표구하여 "일 잘하는 말도 채찍을 가하면 더 잘한다."라고 풀이하시며 나의 사목방향과 일치하다고 하십니다.
한자(漢字)의 뜻대로라면 신부님의 풀이가 정답인데도 우리말의 억양과 뉘앙스는 은유의 기막힌 유머가 되어 회자합니다.

무슨 말씀이시냐고요? 시벌노마(施罰勞馬)가 발음대로라면 '시벌놈아'로 들리잖아요!

가정 성화(聖化)와 소확행(小確幸)을 위한 할아버지 사랑 이야기

가상적이긴 하지만 우리 신앙인들의 입장에서 보면 연민의 미소만 지을 게 아니라 역지사지(易地思之)해야 할 언중유골(言中有骨)로써 지금까지 사노라며 저질렀던 시행착오와 온갖 오류와 부덕했던 처신을 되돌아보며 스스로 욕먹지 않는 삶을 살아야 하지 않겠나 싶습니다.

그리하여 홍 신부님의 은유적인 묘사와 조크성 예화가 기억에서 오래오래 남게 되며 신부님의 가식 없는 유머 감각에 다정한 인간미와 휴머니티를 느껴 후련한 청량감으로 감동케 합니다.

훌륭한 유머는 부처님도 돌아앉아 웃는다고 하였던가요?

2) 무소유(無所有)의 뜻과 선종의 방하착

무소유란~ 불필요한 것을 갖지 않는다는 뜻입니다.

그 누구나 자유로운 삶을 위해

입안에는 말이 적고

마음에는 생각이 적고

배 속에는 밥이 적어야

자유로운 삶이 가능하다.

그러므로 삶의 근원적인 명제를 가져라.

불교 선종에서 방하착(放下着)이 있습니다.

마음을 비우고 번뇌를 내려놓으란 선종입니다.

즉, 마음을 가다듬어 집착을 내려놓으면

명제가 제시하고, 또 화두의 핵심적인 사안들을

보듬고 품어서 포요(抱蟯)에 이르고자 함이

방하착의 본질입니다.

3) 미운 사람 있었는데 전부 다 죽었어!

　나이 들어 갈수록 주변의 측근들이 병고나 어려움을 겪게 될 때 측은지심으로 연민의 정을 나누어 상호 안위를 도모할 수 있도록 친교 관계를 유지하는 것도 소소한 일상에서 소중히 지켜 살아가야 할 덕목으로 꾸준한 관심과 노력이 요구됩니다.

　신앙 안에서 오랜 세월을 두고 친화를 도모해온 선후배 지인들 중에 십 년 차 연상 선배의 김재식 토마 형님이 계십니다. 지난날 형님의 칠순잔치에 초대되어 자작 축시를 낭독해 드렸으며 어느 날 며느님께서 자립의지로 김포 신도시에 장어집을 개업하는 날 주임 신부님과 동행하여 함께한 축성기도의 친교자리와 나이 듦으로 겪게 되는 황복례 바울레나 자매님의 병고에 즈음하여 치유 은총을 위한 청원기도 봉헌 그 훗날 건강을 회복하셔 함께 기뻐하며 고마움과 감사함을 나눈 형제애적인 관계유지 등 토마 형님의 다정다감한 인간미와 형님의 삶의 깊이와 세상사 고충 중에서도 따뜻한 애정관을 보여 주시는 인생 선배로서 존경과 사랑으로 일관하며 다복한 후배 부부로 잘 살아오고 있습니다.

최근에 이르러 나이 듦에 장사 없듯이 저희 부부가 병고 중일 땐 내 가족 나의 아픔처럼 치유를 위한 기도와 사랑의 메시지로 "마리아 자매님의 입원 수술을 받는 이 시간 집도하는 의료진의 손길 위에 당신의 은총을 베푸시어 쾌차토록 성심껏 보내 주신 사랑의 메시지" 이렇게 저희 부부의 병고에 시련을 극복하도록 용기와 희망을 안겨 주신 다정하신 형님 부부이십니다.

언제부터인가 광주교구 조 두레박 사제의 영적일기 강론을 겸한 영성 메시지를 매일 이른 아침에 전송해 주시어 정독해 온 지 몇 해 된 듯합니다.

조 두레박 신부님께서 피정 강사로 초대되어 강론 중 위 제목 "미운 사람 있었는데 다 죽었어."라는 내용을 편집 정리하여 독자 제위와 공감의 기쁨을 나누고자 합니다.

피정 강론 중 "여러분 주변에 미워하고 꼴 보기 싫은 사람 한 사람이라도 없으신 분 계시면 손 들어 봐 주세요." 한동안 침묵이 흐르고 아무 말 없이 민망스런 긴 시간이 지난 후 아무 반응이 없자 "정말 아무도 안 계십니까?" 하며 신부님께서 반문하십니다.

"괜찮으시니 손만 들어 봐 주시겠어요." 그때 뒤쪽에서 연세 많으신 할아버지께서 손을 들었습니다.
"할아버지, 어떻게 사셨으면 그럴 수가 있지요? 우리에게 말씀해 주세요. 네?"

그러자 힘 빠진 목소리로 말씀하셨습니다.

"응, 나라고 미운 사람 없었겠어요? 미운 사람이 있었는데 지금은 전부 다 죽었어. 고얀 사람들도 죽고 없으니 보고 싶어지고 사랑스러워지는데 속절없는 내 마음 누가 알아주겠어요? 사실 뭐 그게 중요하다고 챙기겠는가. 시쳇말로 있을 때 잘해야지 뭐."

원수를 사랑하고 용서하는 것은 먼저 복수하고자 하는 생각을 지워 버리는 것부터 시작하시기 바랍니다. 저희는 천국 시민으로써 사랑과 용서로 아름다운 세상을 만들어 완성에 이르게 하는 신앙 안에 형제와 자매임을 기억하시고 신망애(信望愛)의 영성의 신비를 지켜 살아가는 사람들임을 명심하시기 바랍니다.

하느님의 놀라운 사랑은 많은 죄 가운데 모두가 제 탓임을 깨닫고 고백하면서 기도하는 순간에 "이제와 우리 죽을 때 우리죄인을 위해 빌어주소서 아멘."과 같이 베풀어지는 은총과 사랑입니다. "너희는 원수를 사랑하여라." 아버지 하느님께서 완전하신 것처럼 완전한 사람이 되어야 합니다.

전라도 사투리 중 밉고 원수같이 느껴지는 사람 구제 불능으로 치부하는 사람에게 "저 썩을 놈"이라고 부르곤 합니다. 또한, 분노와 화가 치밀어 오를 땐 "저 썩을 놈, 염병할 놈" 이렇게 독백처럼 중얼거리고 나면 무거웠던 마음도 후련해지고 가벼워지며 괘심한 미소와 함께 여유를 찾게 됩니다.

오늘도 다난한 인간관계 속에서 살아가는 저희들 주변에 미운 사람, 불편한 사람 만나거든 마음속으로 이렇게 외쳐 보시기 바랍니다.

"야 썩을 놈아! 너도 썩어야, 나도 썩어야."
우리 모두 썩어야, 그러니 회개하고 복음을 믿으십시오.
사람이 흙에서 왔으니 흙으로 다시 돌아갈 것을 생각하십시오.
즉, 흙으로 돌아감은 썩어 분해되어 흙이 되는 것입니다.
그러니 질박한 전라도 유명한 사투리 따라 미운 사람, 고운사람 위해 기도하고 나 자신의 평화를 위해 가급적 기쁘고 즐겁게 살아야 합니다.
한 번 더 외쳐 봅니다.
야 썩을 놈아! 너도 썩어야 나도 썩어야.
그러니 우리 사랑과 평화를 위해 모두 썩어야!

4) 종로 김 발렌티노의 별난 이야기

〈옮겨 씀의 안내〉

서울대교구 주보 2017년 6월 11일과 18일 말씀의 이삭 "나를 바꾼 편지와 개조심(改造心)하겠습니다"의 글 발췌하여 옮겨 적습니다.

폐쇄병동 스피커에서 종로김을 부르는 방송음이 들려왔습니다. 군복무를 마치고 갓 돌아온 큰아들에게서 50년의 생을 박살 낸 문장을 봤기 때문입니다.

"아버지는 나의 반짝이는 별 나는 아버지를 반짝이게 하는 밤하늘. 그 순간 제 두 눈과 심장을 폭발하는 듯하였습니다. 애비를 살리고픈 애끓는 아들의 사랑을 보았습니다."

사랑은 내리 사랑이라지만 제게는 치사랑이 맞습니다. 윌리엄 워즈워스의 시 〈무지개〉에 나오는 "아이는 어른들의 아버지란" 말이 맞다고 절실히 깨달았습니다.

참! 깨달음의 자유를 느낀 그는 모든 사람들에게 저더러 시인이라 부르지 말아 달라고 당부하며 자신에게 인(人) 자가 어울리는 죄인 (罪人) 김 발렌티노입니다.

요즘은 바닷가 모래알처럼 지은 죄들을 찾는 재미로 살아가는 행 복한 죄인임을 자처합니다.

하하하 알렐루야!
죽다 살았네. 발렌티노(valentino).
예수는 다 죽었다 다시 살아났다.
나는 반 죽었다가 겨우 살아났다.

폐쇄 병동을 퇴원하려면 직계가족 2인의 승인이 필요합니다. 그 아내는 남편의 친구들까지 동원하여 퇴원을 말렸지요. 나와 봤자 술 퍼먹고 개판칠 게 뻔하니까요. 병원장도 아내 편이었으나 그 단 합을 깬 것은 큰아들, 제가 책임 질 테니 아버지께 마지막 기회를 드리자고 했습니다. 퇴원 날 그는 아내를 가운데에 두 아들은 아내 양옆에 앉히고 큰절을 올린 다음 무릎을 꿇어 고백했습니다.

지금 이 순간부터
미카엘라 당신께는 남편 자격을
가브리엘 라파엘 두 아드님께는 아버지 자격을
깨끗이 포기하고 반납합니다.
대신 제가 다시 멋진 친구로 돌아오면
그때는 친구로 받아 주십시오!

가정 성화(聖化)와 소확행(小確幸)을 위한 할아버지 사랑 이야기

그날 이후로 그는 엉망인 몸을 추스르고자
복싱을 결심하였지요.
건강은 사랑하는 사람에 대한 가장 기본적인
예의라 믿었기 때문었지요.
그 후 그는 매일 꽃과 시를 바치며
일기를 쓰기 시작하여 500일 동안

한 송이 장미와 붓글씨로 쓴 참회록
명시(촛불 1, valentino와 얼굴)를 내놓았습니다.

촛불 1 valentino~

그 누가 내게 머리끝에서 발끝까지
내리꽂는 저 심지 하나 박아 다오
(얼굴 세상이 환하다 valentino).

해가 뜨니까 낮이 환하다
달이 뜨니까 밤이 환하다
네가 뜨니까 내가 환하다.

그리고 cafe 인생은 아름다워라는 문화카페를 열어
커피 차 자기를 삼켰던 술까지 들여놓으며
세상에 술을 다 없앨 수 없다면

가장 평화롭게 마시는 "예술집"을 만들어
유지하며 새론 삶을 시작한 것입니다.

2015년도 12월 말경 삼성전자 강의 청탁으로 "개조심(改造心)하
겠습니다"란 제목으로 잘못을 진실로 깨닫고 제 십자가를 지고 살
면서 끊임없이 개조심하겠습니다. 사랑해요. 여러분!

같은 아버지란 입장과 아내의 가장이란 입장으로 동시대를 살며
너무나도 휴머니티한 또 순박하고 인간미 넘치는 종로김 발렌티노
의 참회의 글이 공감과 감명을 안겨 주었습니다!

5) 독후감(讀後感)
노년에 관하여 우정에 관하여 – 글쓴이 키케로

"노년에 관하여"

　"노년에 관하여"는 고대인들의 생각과 생활상을 현시대인들에게 현실감 있게 전달하여 지적이고 창조적인 에너지를 재고시켜 시대를 잘 살아가도록 서술한 키케로의 철학적 사상이 담긴 감명 깊은 필독서입니다.

　인간의 삶의 주기(Life cycle)를 동양에서는 청년기로부터 노년 고령기까지를 년대별로 이립, 불혹, 지천명, 이순, 고희, 졸수, 단계적으로 분류해 왔지만 여기 "노년에 관하여"도 같은 의미의 단계적 특성으로 소년은 허약하고, 청년은 저돌적이며, 장년은 위엄 있고, 노년은 원숙하다 하여 독자로 하여금 동서양의 지리적 경계를 초월하여 비유적 공감대를 형성시켜 줍니다.

　특히 나이 들어 갈수록 인간의 본능적인 사고와 언행이 독선적으로 흘러 이성적인 사고를 망각하는 노년의 폐해를 유념시켜 준 쾌락과 유혹 욕망의 사슬에 관하여 충고하고 있으며 이것들의 종말은 미덕의 존립을 어렵게 하고 지독한 고독과 허무함을 갖게 할 노년 시기를 경고하듯 주옥같은 메시지를 전하고 있어 인생의 원숙을 향한 여정에 큰 교훈으로 다가옵니다!

결과적으로 욕망에 지배당하면 자제력이 설 자릴 잃게 되고 쾌락의 영역에선 미덕이 존립할 수 없으므로 "쾌락은 죄악의 미끼"라고 혹평하여 공감의 방향을 생성시켜 줍니다. 한세상 살아갈 노년의 나그네 길의 여정은 얼마 남지 않았는데도 노자(路資)를 더 마련하려는 욕망만큼 어리석은 일은 없기 때문에 육화된 내 영혼의 소중한 가치를 깨닫고 영혼의 참 평화를 위한 삶이 되어야 할 것입니다.

"우정에 관하여"

"햇빛, 공기, 물 그리고 우정만 있으면 이 세상 살 만한 가치는 충분하다."라고 했는데 여기 "우정에 관하여"는 우정의 본질을 깨닫게 하고 인간관계에서 꼭 필요한 덕망과 미덕의 가치를 일깨워 아름다운 삶으로 안내하고 있어 감명과 방향을 불러오게 합니다!

뗄 수 없는 인간관계(Humam relation) 속에서 더불어 살아가는 우리 모두는 공동체의 일원으로서 가장 이상적인 상태의 우정관계를 쌓아가도록 상호 신뢰와 미덕을 위해 언행의 절제가 필요함을 강조하고 있으며 특히 "우정은 인간이 신에게 받은 최고의 선물"이므로 본문이 강조하는 바와 같이 이 세상에서 '선의의 유대'를 포기

제거하면 가정과 사회도 존립하기 어렵게 될 뿐만 아니라 삶 자체
가 무의미하게 되고 경고하고 있습니다.

 그러므로 모든 관계에서 오는 불협화음과 적대감이 화합과 평화
를 망치게 하는 무서운 결과를 가져오게 됨을 깨닫도록 경고하여
이를 도모하도록 권고하고 있습니다.

미덕과 선의(善意)의 친구는 그가 자리에 없어도
그 자리에 있고 그는 가난해도 부자이며 약해도 강합니다.
또한 그가 죽어서도 살아 있다는 동경을 갖게 합니다.
그만큼 그 친구들이 그를 존경하고 사랑하기 때문에
죽어서도 행복하다고 했습니다.

이 얼마나 소중한 유덕자이고
아름다운 우정과 편린(片鱗)의 소유자인가요!
참! 쉽지 않게 느껴지지만 내 삶의 여정(旅程)에서
끊임없이 인내하고 수련하여 미덕을 쌓도록
다짐하고 성찰합니다.

CHAPTER 3

아름다운 인간관계
사례들

1) 강화도 전등사
대웅전 나부상(裸婦像) 이야기

　강화도 전등사에 가면 대웅전의 육중한 지붕을 받치고 있는 나부상(裸婦像)이 있습니다. 얼핏 보면 사찰을 수호하는 원숭이나 다른 짐승으로 보일 수 있지만 그 나부상에 얽힌 전설을 살펴보면 예사롭지 않은 기막힌 사연이 있습니다.

　전등사를 건립할 당시 도편수라는 사찰만 전문으로 짓는 목수가 있어 전등사 건립차 인근 주막집에 거처를 정하여 사찰 건립에 매진해 오던 중 주막집 여주인과 사랑에 빠지게 되어 벌어 온 돈 전부를 맡기며 미래를 약속하는 관계로 발전하게 되었습니다.

　이게 웬일, 대웅전 불사를 마무리할 때쯤 주막집 주모가 어디론가 사라져 버렸습니다. 배신과 분노에 잠을 이룰 수 없게 된 도편수 목수는 공사를 마무리하면서 그 괘씸한 여인의 나부상을 조각하여 육중한 지붕을 영원히 짊어지게 할 구상으로 4개의 나부상을 지극정성으로 조각하였습니다.

'한 여인이 한을 품으면 오뉴월에도 서리발이 내린다'고 했는데 목공일을 천직으로 알고 평생을 살아온 순진한 목수가 배신당한 자신을 위로할 겸 후대의 많은 세인들께 쾌심한 응징의 불씨와 해학을 남김으로 흥미진진(興味津津)한 목각 명작품으로 보존되어 알려지고 있습니다.

자신이 지은 죄과로 나부상의 모습으로 살아야하는 한 여인의 업보를 보는 듯하여 작은 것에 미련을 두어 집착하지 말고 소탐대실(小貪大失) 경계하여 평온하고 자유롭게 살라는 삶의 지혜를 귀띔해 줍니다.

2) 좋은 인연으로 살면 그곳이 무릉도원

다사다난한 세상에서 상상의 나래를 펼쳐보는 무릉도원은 현실적으로 불가원의 이상향일 뿐일까요? 그렇지만 좋은 인연 좋은 관계를 이루어 살면 이곳이 곧 무릉도원이 될 것입니다.

여기 "천만매린(千萬買隣)이란 사자성어가 있습니다.

좋은 이웃과 함께 사는데 천만금을 지불한다는 뜻인데 중국 송계아(松季我)라는 고위 관리가 정년퇴직을 준비하며 자신이 살집을 보러 다녔습니다.

지인들이 소개하는 호화 저택을 마다하고 여승진(呂僧珍)이라는 사람의 옆집을 천백만금을 지불하고 사기로 했습니다.

그 집은 원래 가격은 백만금이었습니다.
사람들이 이상하게 여겨 그 이유를 물으니
송계아는 백만금은 집값으로 지불했다 하여
백만매택(百萬買宅)이라 했고
천만금은 여승진과 이웃이 되기 위한 값으로

가정 성화(聖化)와 소확행(小確幸)을 위한 할아버지 사랑 이야기

천만매린(千萬買隣)라고 답했습니다.

좋은 사람과 가까이 지내는 데는 집값의 열 배를
더 지불해도 아깝지 않다는 의미입니다.
참! 좋은 예화입니다.

인인애(隣人愛)는 이웃 사랑을 말함인데 멀리 있는 친척보다 가까
이 있는 이웃이 더 좋은 관계의 이웃사촌인 것을 실제 경험하며 살
아가고 있습니다.

이제 노년세대에 접어든 저희들 건강 밸런스 유지를 위한 배드민
턴 게임 파트너는 남녀노소 가릴 것 없이 동호인 모두가 소중한 이
웃입니다.
우의를 다지고 친화를 도모하여 아름다운 관계를 유지, 발전시켜
삽시다.
우린 보약 같은 친구들입니다!

3) 유붕자원방래(有朋自遠方來) 하니
불혁락호(不亦樂乎)라

유붕자원방래(有朋自遠方來)~ 벗이 먼 곳에서 방문하였으니 반갑지 아니한가요?

옛 친구를 그리워하며 산 넘고 강 건너 찾아온 손님 친구. 풍성한 접대로 거나한 술상을 상상했던 손님 친구는 초근목피의 안주상에 우리 친구 사이가 이런 정도의 그렇고 그런 사이란 말인가 싶어 섭섭한 감정을 가식 없이 토로합니다.

　　손님 친구 : 여보게 친구. 안주가 시원찮으니 내가 타고 온
　　　　　　　 저 말을 잡아 술상을 다시 차리게나.
　　주인 친구 : 말을 잡으면 자네는 그 먼 길을 뭘 타고 가나.
　　손님 친구 : 걱정도 팔자라는데 갈 땐 자네 집 저 씨암탉 타
　　　　　　　 고 가면 되지.
　　주인 친구 : (박장대소하며) 알았네. 이 사람아. 닭 잡네, 닭
　　　　　　　 잡아.

오래된 친구를 죽마고우라 호칭하였듯 죽마고우 그 친구는

그 자리에 없어도 그 자리에 있으며 그가 가난해도 부자이
며 약해도 강하며 죽어서도 살아 있네.
그만큼 친구들이 그를 존경하고 사랑했기 때문이라네. 그
래서 죽은 사람은 죽어서도 행복해지고 살아 있는 사람은
칭찬받을 만한 것이라네.
(키케로의 〈노년과 우정에 관하여〉에서)

때로는 초월할 수 없는 불가원(不可遠) 불가근(不可近)의 적당한
시공간에서 의연함으로 살아야 하는 경우도 없지 않으나 사는 것이
바빠서 소원함과 서운함이 생기더라도 어쩌겠나요. 내가 먼저 좋은
사람이 되도록 노력하고 챙겨 줘야지요.

진정한 우정이란?
상호 선의를 갖고 미덕을 베풀 수 있는 절친한 친구로 발전하여
다난한 삶의 현장에서 버팀목이 되어야 할 것입니다. 이렇듯 우정
을 위한 사귐의 단계에서 신뢰관계는 떼려야 뗄 수 없는 중대한 인
간관계이며 이 세상 모든 이는 소중한 내 형제, 불목한 형제를 찾아
평화인사 나누는 이런 우정이야말로 인생을 더욱 풍요롭게 할 것임
을 확신하게 됩니다.

물론 친구는 신뢰와 믿음의 대상입니다.
그렇지만 세상만사 관계의 형성단계에서
옳다고 하면서도 그 옳은 것을

실천하지 못하는 여의찮은 다반사 현실입니다.

"믿지도 않고 속지도 않는 사람보다
믿다가 속는 사람이 그래도 더 행복하다."라고
생각하며 신덕(信德)을 쌓아 사는 사람이
괜찮게 사는 사람임을 믿게 됩니다.

분망한 세상 살다 보면 사는 것이 여의치 않더라도
소중한 신뢰문제 소홀하지 않도록 배려하고
미덕을 베풀 수 있는 절친한 관계를 유지하면
우정에 문제될 게 없습니다. (frendship no problem)

가정 성화(聖化)와 소확행(小確幸)을 위한 할아버지 사랑 이야기

4) 행복하려면 오, 중, 관을 이룩해야 한다

오 : 오로지(only one)

중 : 중요한(key point and important)

관 : 관계완성(completion of human relationship)

즉, 오로지 중요한 한 가지 인간관계 완성

(completint the only impotant human relationship)

1938년~2023년 현재까지 85여 년간 인류가 추구하는 행복의 조건 연구에서 하바드 대학 월딩어 교수는 오, 중, 관(오로지 중요한 것은 관계의 완성)을 강조했습니다.

이어서 외로움과 고독함으로 중년을 맞이한 사람일수록 건강 악화와 뇌기능이 급속히 저하되어 수명이 단명하다고 경고하였습니다.

펜데믹과 경제적 난관을 극복해야 할 현실에서 있는 그대로의 나를 인정하고 나를 받아 줄 가족과 이웃이 함께 행복한 삶을 살아갈 수 있다는 필연을 역설하고 있습니다.

어떠한 어려운 상황에서도 아름다운 인연을 많이 만들고 새로운 관계를 구축하세요.

좋은 관계가 좋은 삶을 만듭니다.

5) 자존감 향상을 위한 변(辯)

인간의 존엄함은 절대적입니다.

우리는 하느님을 닮을 존재로 창조되었으므로 자신을 사랑하고 존중할 줄 모르면 생명의 말씀도 들을 수 없게 됩니다.

이 얼마나 소홀할 수 없는 중요한 규범인가요?

내가 나를 사랑하지 않으면 누가 나를 사랑해 줄까요?

이 세상에서 나를 온전히 사랑할 사람은 나밖에 없습니다.

자기를 존중하고 사랑할 줄 아는 사람은 내면의 섬세한 정서와 교감하며 외부 세계에 지배당하지 않고 왜곡된 죄의식과 비합리화를 배제하며 정당하지 않은 사안과 행위에 절대로 수긍하지 않습니다.

이러한 결단과 선택역시 자존감에서 비롯된 긍정의 힘의 발로인 것입니다.

그리스도교의 가장 큰 계명은 하느님을 사랑하고 이웃을 네 자신처럼 사랑하라 하셨습니다.

하느님 사랑/자기 사랑/이웃 사랑 중에서 어느 한 가지 사랑만으로 완전한 사랑이 이루어질 수 없습니다.

그러므로 우리는 하느님을 닮은 존재임을 믿고 따라서 이 세 가지 사랑을 실천하고 생활화하여야 합니다.

여기 자존감을 향상시켜 주는 성서 말씀을 정리합니다.
시효 적절한 말씀으로 기쁨과 공감을 안겨 줄 것입니다.

우리는 세상의 소금이다(마태 5.13)
우리는 세상의 빛이다(마태 5.14)
우리는 하느님의 자녀다(요한 1.12)
우리는 그리스도의 벗이다(요한 15.15)
우리는 하느님을 아빠 아버지라고 부를 수 있다(로14.15)
우리는 하느님이 거하시는 성전이다(1코린 3.16, 6.19)
우리는 하늘의 시민이다(필리 3.20, 에페 2.6)
우리는 그리스도 몸의 지체다(1고린 12.27)
우리는 빛의 자녀요 어둠의 자식이 아니다(1데살 5.5)
우리는 성도다(1코린 1.2, 필리 1.1, 에페1.1)

예수회 신부 송봉호 〈미움이 그친 바로 그 순간〉 발췌

자존감을 추구하는 올바른 방법은 무엇일까요? 그것은 역설적으로 자존감에 대한 집착을 내려놓는 것입니다.
고집과 무리함으로 지키려 들면 잃게 되는 것입니다
행복하자고 즐겁자고 자존감을 추구한 것이었는데 자존감을 지키

려는 일에 몰두, 급급하다 보니 스트레스만 가중되고 소중한 일상이 망가지는 것입니다.

자존감을 높이기 위한 방법으로 일상의 대소간 사안에 해석, 판단하지 않는 마음가짐만이 요구됨을 잊지 말아야 합니다.

사건의 원인과 결과의 내용을 있는 그대로 수용하세요. 해석과 판단이 살아지면 애써 잘못을 정당화할 필요가 없고 높은 자존감의 폐해와 위험성 노출에 신경 쓰지 않아도 됩니다.

자존감의 향상을 위해서 먼저 이기심, 지나친 자기중심적 사고, 독선을 배제토록 유념하세요.

심리학자 로텔라는 우리가 스스로 단죄하고 비하하는 부정적 (negative)인 말만 자제해도 자존감을 형성하는 데 큰 도움이 될 수 있다고 했습니다.

우리는 저마다 독특한 매력과 높은 호감도를 감지하지 못하거나 표현하지 못하는 열등감 때문에 매력 포인트가 방치되거나 사라질 위험을 모르고 삽니다.

하지만 자기만의 매력과 아름다움을 인식하고 스스로 즐기고 인정하는 긍정적(postive)인 태도만 유지해도 자존감을 유지, 발전시킬 수 있습니다.

치열한 경쟁사회에서 느끼는 열등감의 폐해는 이루 말할 수 없도록 큰 상처를 앉게 되는 경우와 이웃과 비교하는 상대적 빈곤으로 자신의 고유한 재능과 정체성에 상흔을 남기게 될 것입니다.

이 상처와 흠결을 해소하기 위하여 내면의 소리를 경청하고 표현하세요. 자신의 존재를 있는 그대로 받아들이지 못하면 불행해집니다.

6) 참! 소중한 인연

타인이라는 거울을 통해 나의 존재를 확인하듯(책, 노후 그래서
더 아름답다!)의 거울 이야기에서처럼 우리가 살아가는 이 세상은
혼자서는 살아갈 수 없습니다. 인간은 대화와 소통이라는 패러다임
속에서 삶을 영위합니다.

즉, 소통이 부재한 삶이 하루만이라도 존재한다면 그 삶은 지독한
고독함으로 무의미한 생존일 뿐입니다. 그러므로 인연(因緣)을 맺
고 아름답게 가꾸어 살면 그 무엇과도 바꿀 수 없는 소중한 가치
와 의미를 갖게 될 것입니다. 그러기 위해서 타인의 입장을 생각하
고 배려하는 역지사지(易地思之)가 나의 덕행과 미덕이 되어야 할 것
입니다.

이 세상 인류가 추구하는 기독교, 불교 등 여러 종교 역시 사람을
위한 종교로써 자비와 사랑을 베풀라고 가르치고 실천하도록 깨우
치고 있습니다.
지금 잔설이 쌓인 골짝으로 봄은 오고 있듯이 인인애(隣人愛)의

따뜻한 사랑으로 건강한 일상을 위한 생활체육 배드민턴 운동으로 때로는 외로워서 때로는 지는 꽃이 서럽다고 라켓을 둘러맨다고 하지만 그 변(辯)이야 어떻든 오늘도 신명난 배드민턴 클럽 그라운드에서 소중한 파트너와 한 판의 승부에서 셔틀콕의 향방이 겨울엔 눈송이로 가을엔 낙엽으로 춤을 출 때면 신명난 일상에서 행복한 주인공이 됩니다!

무궁화 배드민턴 클럽 감사 유정열 요셉

가정 성화(聖化)와 소확행(小確幸)을 위한 할아버지 사랑 이야기

7) 성가정(聖家庭) 지향과
도미 중인 한창석 님께

성가정(聖家庭)이란?

모든 사람들이 소망하는 예수님과 함께하는 화목하고 행복한 가정이지요. 특히 가톨릭교회에서 제일 먼저 찾고 지향하는 화두이며 기도의 제목이기도 합니다.

예수 그리스도를 낳으신 성모 마리아와 육신의 부친으로 그 가정을 지켜 가장 역할을 성실히 수행하신 성 요셉 성인처럼 시련과 역경이 닥쳐오더라도 하느님께서 원하시는 것만을 찾고 하느님께서 이끄시는 대로 맡겨드리는 가정이 곧 성가정입니다. 저희 스스로 돌아보아야 하는 우리의 현실 가정에서 모든 가족 구성원들이 제각기 자기 뜻대로만 살기를 고집하지 않고 하느님의 뜻이 무엇인지 기도하며 그분께서 원하시는 대로 살아갈 수 있도록 지혜로운 식별을 할 수 있어야 합니다.

그럼 하느님께서 원하시는 것이 무엇이라고 생각해야 할까요? 세상의 물질과 권력 명예를 얻어 성공하는 것일까요? 아닙니다.

하느님은 우리를 사랑하는 것처럼 서로 사랑하는 것입니다.

유명한 대스님이신 성철 스님께서 이 세상의 모든 사람들에게 큰 사랑과 자비(慈悲)를 실천하기 위해 불자가 되기를 결심하고 입산 정진하는 중 그 모친께서 측은지심으로 1~2회 걸쳐 옷가지와 밑반찬을 챙겨 아들을 찾아왔으나 이를 완강히 거절, 다음부턴 절대로 오시지 않도록 당부하였으나, 세 번째 찾아왔을 땐 바위 뒤에 숨어 그 어머니를 향해 큰 돌멩이를 던져 어머니를 되돌려 보냈다는 이야기는 저희 들 부모 된 입장에서 시사하는 바가 큽니다.

물론 큰스님과 성모 마리아나 요셉 성인처럼 그런 역경과 시련이 아니더라도 우리 안에 내재된 현실이라는 소중한 일상과 내 주변의 사랑하는 이웃과 어려운 형제들과 더불어 배려와 포용으로 나눔과 사랑을 실천하는 그 생활을 통해 기쁨을 함께하는 소박한 나날들~ 이러한 삶의 근간을 건강하게 지켜 살아야 하는 것이 저희 신앙인들이 실천해야 하는 이웃 사랑일 것이며 이러한 삶이 곧 한국의 미풍양속(美風良俗)이고 우리 피에 흐르는 정(情)이라 생각합니다.

한형(韓兄) 앞으로 저희 마음을 모아 가정과 이웃 따뜻한 사랑의 결실을 위해 열심(熱心)히 사는 동안 경우에 따라 넘어 지더라도 다시 일어나서 그분 앞에 사랑받는 자녀임을 확신하며 끊임없이 기도하고 노력하면 그분(하느님)께서도 당신의 섭리 안에 머물도록 허

가정 성화(聖化)와 소확행(小確幸)을 위한 할아버지 사랑 이야기

락해 주실 것이며 우리 또한 감사하며 열심히 살아야 하지 않겠습니까?

서울의 초춘(初春)과 더불어 재회하는 그날까지 건강하시고 사랑하는 가족들과 깊은사랑 함께하십시오. 몸은 멀리 있어도 사랑의 감정은 떼려야 뗄 수 없는 진부한 가족애가 안겨 주는 "긍정의 힘"을 믿고 서로를 위해 하느님께 맡겨드리는 그리고 열심히 기도하는 성가정(聖家庭)이 되시기를 기도하며 한 형을 기다리는 휴먼요셉 유 아우가 올립니다.

3개월간 미국 체류를 마치고 귀국할 한 형(韓兄)을 기다리며

8) 화곡본동성당 노인대학 개교 10주년 기념
"아름다운 금강산 수학여행!"

　지금으로부터 15년 전 2006년 6월 6~8일(2박 3일) 노인대학 개교 10주년 기념으로 국토순례 금강산 수학여행을 다녀왔습니다.

　하느님께서 "보시니 참! 좋더라." 하신 것처럼 천지창조 이후 지구의 지각변동으로 북방 대륙에서 튀어나온 토끼 모양의 나라 꼴을 갖춘 한반도 봄, 여름, 가을, 겨울 사계의 아름다움을 자랑하는 금수강산, 해가 떠오르는 동방의 별 우리나라가 외침과 동족상쟁 이후 정치적 갈등이 계속되고 있는 상황에서 천혜의 명산 금강산을 찾아 화곡본동성당 평화의 모후 노인대학(지금 시니어아카데미) 어르신들과 사제단 봉사자 자매들 120여 명을 인솔하여 장도에 오릅니다.

　동해로부터 서해까지 155마일 비무장지대인 북측초소를 지나 출입국사무소를 통과하는 도로변에는 동해선 철도가 완공되어 개통을 기다리는 듯 시야에 펼쳐지는 긴장된 북상길 대진항에서 1시간 남짓 관광이 시작되는 온정각 타운에 도착하여 현대아산 가이드의 안

　가정 성화(聖化)와 소확행(小確幸)을 위한 할아버지 사랑 이야기

내와 일정에 따라 안전한 금강산 순례가 시작되었습니다.

높이 1,638m의 비로봉을 정점으로 동쪽으론 외금강과 해금강 서쪽으론 내금강 천혜 명산 금강산이 눈앞에 펼쳐집니다. 만물상을 닮은 봉우리는 헤아릴 수 없다 하여 12,000봉이라 하였으며 계절 따라 그 이름도 수려하여 봄에는 금강산 여름에는 봉래산 가을에는 풍악산 겨울에는 설봉산 또는 개골산이라 부른 금강산의 호칭만도 5가지입니다. 먼저 구룡폭포 방향의 산행 일정에 따라 크고 작은 폭포 중 장대한 구룡폭포는 높이 100m이고 깊이 30m라고 합니다. 구룡령의 전설 또한 신비하여 천혜의 금강산을 보호하고 부정의를 징벌하기 위해 9마리 용이 살았다 하여 구룡연이라 했습니다.

그 물이 흘러 떨어지면 폭포수요 흘러가면 비단결이요 고이면 담소가 되고 마시면 약수이며 흩어지면 백옥이라 했습니다. 외금강 천선대를 향해 아흔아홉 굽어진 길을 휘돌아 중간지점 망상정에 도착하면 북측 안내원들의 친절한 설명과 안내에 따라 코스를 선택하여 본격적인 산행에 앞서 숨 고르기를 합니다. 삼선암과 하늘문을 지나서 기암절벽에 놓인 철계단을 따라 천선대에 도착하니 북측의 아리따운 여성 동무가 (아가씨라 부르면 화냅니다.) 대기하고 있다가 마주 보이는 만물상의 망양대를 향하여 그 비경 속에 숨겨진 전설과 신비를 설명하고 시(詩) 한 편을 읊어줍니다.

시인의 시상보다는 옛 시를 낭송하는 북측 가이드가 예쁘고 대견스러워 받아쓴 것이 정확한지는 모르겠습니다.

망양대

옥을 부어서 연꽃을 빚었는가
백옥을 다듬어 창끝을 세움인가
아니면 수정 기둥에 눈꽃이 피고
서리꽃이 서렸는지
정말 그 자태는 하얗기 그지없도록
아름답구나!

그야말로 신기하다 못해 웅장하고 장엄하며 후덕하다 못해 온화하고 때로는 위엄하고 신비스런 금강산의 절경입니다.

금강산에 서식하는 나무와 야생화 종류만도 수백 가지. 그중에서 송충이 하나 없이 붉고 매끈하게 하늘 높은 줄 모르고 치솟은 적송은 무상한 천년을 말해 주고 있으며 그 종류도 다양하나 그냥 통틀어 금강송이라 부르며 화사하게 피기 시작한 산목련은 부끄럼을 모르는 듯 속내를 내보이며 남쪽에서 온 나그네를 반기는 북녘 땅 여성 동무들의 모습을 연상하며 이름 모를 야생화들과 함께 그 아름다움을 카메라에 담습니다.

일정에 따라 장전항 해금강 호텔에 여장을 풀고 야식 후 세계 제

가정 성화(聖化)와 소확행(小確幸)을 위한 할아버지 사랑 이야기

일의 문예공연 서커스를 감상합니다. 세 차례의 눈물을 감춰야 하는 이유….

첫째, 새가 공중을 나르듯 관현악 음악에 따라 절묘한 묘기를 연출하는 감동의 눈물.

둘째, 4~5세부터 곡예를 익혀 인민배우로 곡예사의 인생을 살아가는 안타까운 눈물.

셋째, 박수갈채를 너무 많이 보내느라 손뼉과 손목이 아파 흐르는 눈물이라 합니다.

이튿날 새벽 미사봉헌 요청을 현대아산 측의 배려로(종교 활동이 제한되는 북측의 현실) 평화통일 염원과 어르신들의 신앙 영성화를 위한 미사봉헌은 감동과 기쁨을 안겨 주었으며 특히 북녘 땅이 고향이신 어르신들의 감회가 더욱 깊었습니다.

앞으로도 불목하며 살아야 할 분단조국의 정치적 현실을 감안하면 얼마나 다행스런 미사봉헌인지 하느님께 감사와 함께 영광을 드리게 됩니다.

일정을 마무리해야 하는 마지막 날 금강산 온천에서 2박 3일간의 쌓인 피로를 잊도록 목욕과 휴식으로 상큼한 귀경 여정을 준비합니다.

자연의 신비와 아름다움을 자연처럼 표현할 수 없는 인간 지각의 한계를 인정하며 금강산의 아름다움 역시 한 번의 감상으로 전체를 표현하기 어려우나 그 감격과 환호를 민족의 긍지와 자긍심으로 아로 새기며 성인 반열에 오른 동양의 대표적인 학자 노자와 공자의 산수관을 떠올려 정리해 봅니다.

먼저 공자는 인자요산(仁者樂山)이라 하여 어질고 지혜로운 사람일수록 산을 좋아하여 산처럼 관대한 포용과 아량으로 살라하고 노자는 상선약수(上善若水)라 하여 '가장 위대한 선은 물과 같다'고 하듯 높은 곳에서 낮은 곳을 향해 흘러가는 구룡연 계곡의 물처럼 살라는 듯하여 다시금 겸허히 돌아봅니다.

120여 명의 어르신들을 무탈하게 인솔하여 국토 순례의 수학여행을 마칠 수 있도록 좋은 날씨로 도와주신 하느님 은총에 감사드리며 염려와 기도로 성원해 주신 주임신부님과 원장수녀님 봉사자와 일행이 한목소리로 자축하며 감사드립니다.

그리고 이다음에 다시 올 때는 풍악산이라 부르는 만추의 가을에 오리라고 나 홀로 욕심을 부리며 아름다운 금강산의 비경과 웅장함을 추억 속에 담아 둡니다.

화곡본동성당 주님과 함께하는 신앙 이야기 〈주님사랑〉 발간지에 수록하여 다시는 갈 수 없는 금강산의 추억을 회상케 하였습니다.

가정 성화(聖化)와 소확행(小確幸)을 위한 할아버지 사랑 이야기

CHAPTER 4

천주교
서울대교구 노인사목부
"가톨릭 시니어지"
탐방취재

고택정원 사계중 결실의 가을

모과 단감 따기, 손자녀 현장학습 추억 만들기

P.140

성지주일 수난성극

사물놀이 주님 부활축하 미사 후 축하공연

재경 진안군향우회 체육대회 축하공연

P.151

1) 2013년 여름호 – 클럽탐방
아름다운 황혼의 선율 하모니카 클럽

중년기(middle age)에 접어든 세대들이 예측 불허한 일상적 영역을 잘 관리(mind control)하기 위한 일환으로 지금까지 경험하지 못한 새로운 분야에 도전하여 지속적인 배움으로 노인(勞人 : 노력하는 사람)이기를 자처하는 활기찬 중년 세대들, 이들의 삶을 통해서 느끼는 희망과 사랑 그리고 신뢰의 메시지들이 아름다운 방향(芳香)이 되어 멀리 퍼져가고 있습니다.

바로 여기, 지난 2012년부터 가톨릭 영시니어아카데미 졸업생과 재학생으로 결성된 하모니카 클럽은 홍치동(시몬) 단장 외 10명(여 4명, 남 5명)의 단원들이 김정남 선생님의 지도 아래 클래식과 가요, 트로트, 왈츠와 재즈, 등 난이도 높은 장르의 벽을 넘나들며 완성도 높은 하모니카의 화음을 위해 열정을 다하고 있습니다.

그동안 하모니카 클럽은 돈독한 악우(樂友)관계 속에서 유려한 팀워크를 구성하여 가영시아의 연중행사와 서울대교구 각 본당(화곡본동, 노량진, 대치동, 새남터) 초청 연주회를 시행해 왔습니다.

또한 기자가 취재차 방문한 4월 22일 월요일에는 향후 예정된 일산 성당, 화정성당, 가영시아 축제 초청 공연 준비를 위해 긴장된 분위기에서 손색없는 실력으로 단원 모두가 연습에 몰입하여 이를 지켜보는 내내 감동이 전해져 왔습니다.

하모니카 클럽의 공연 선곡으로 사랑의 종소리/사랑하올 어머니/희망의 속삭임/청실홍실/수와니 강/사랑의 밧줄 등 다양한 레퍼토리를 선보이기 위해 절제된 고음과 알토 베이스의 화음 코드의 바이브레이션의 인상 깊은 하모니 그리고 숨 가쁘게 넘나드는 옥타브의 높은 화음 속으로 본인들 스스로 빠져드는 듯하여 감상하는 이로 하여금 저러다가 저분들의 입술이 부르트지 않을까? 하는 우려 아닌 우려를 표명하려다가 "걱정도 팔자"려니 싶어 유구무언(有口無言)하기로 합니다.

각 파트별로 자리를 옮겨가며 화음을 맞추는 지도 선생님의 모습에서 영(令)이 서린 카리스마와 함께 여리고 부드러운 음(音)을 표현하려면 평사낙안(平沙落雁)의 느낌으로 즉, 갈매기가 넓은 백사장에 내려앉듯 안도의 감정 표현을 주문하시며 때로는 상어가 바다 위로 치솟아 오르는 듯한 격동적인 고음 발성을 위해 유연한 몸짓과 장단으로 감정을 표현하도록 지도합니다.

단원 중에는 색소폰 연주를 경험한 분들과 합창 클럽에서 성악을 하고 있는 분, 마술을 익혀 공연에 참여했던 분, 문학두레에서 문필(文筆)에 정진해 오던 분 등 경력이 다채롭다. 이들 모두가 처음 하모니카 클럽에 왔을 때는 도레미파 기본음도 못 찾는 초보자들이거나 겨우 음정을 찾는 수준이었다고 합니다.

노력하는 사람에겐 불가능이 없다고 하였듯 연습에 집중하여 완성도 높은 화음에 이르도록 최선을 다하는 진지한 모습에서 "노력하는 사람"이란 노인(勞人)의 의미를 재음미해 봅니다. 이들 모두에게 평화로운 일상에서 활기찬 생활의 리듬이 유지되고 원만한 관계와 지란지교(芝蘭之交)의 우정이 지속되기를 기원합니다.

글, 사진 유정열(요셉) 노인사목미디어위원

2) 가톨릭 영시니어아카데미 2학기 개강미사
두봉(Rene Dupont) 주교 특강

가톨릭 영시니어아카데미 2013년도 1, 2학년 2학기를 개강하며 드봉 주교님을 초청, 9월 4일 오전 가톨릭회관 강당에서 미사봉헌과 특강이 실시되었습니다.

드봉 주교님의 말씀 중에서….

"여러분들은 영시니어(young senior)이지만 저는 올드 시니어(old senior)입니다. 나이는 숫자에 불과하지만 나이 들었다고 주변 사람과 가족들에게 부담과 불편을 주어서는 안 될 것이며 좋은 생각과 마음으로 기쁘고 즐겁게 살며 그 안에 주님을 모셔야 할 것입니다.

특히 영시니어들에게는 과거 가정과 사회 그리고 몸담았던 직장에서 충직하게 본분을 다하며 치열하게 살아왔으므로 이제부터 자신의 여생(餘生)을 위한 시간배정(時間配定)에 적극적이며 미래 지향적이어야 합니다. 여러분들의 영시니어아카데미의 학습과정 역시 시간배정에 포함된 것입니다. 뜨거운 학습열기가

가정 성화(聖化)와 소확행(小確幸)을 위한 할아버지 사랑 이야기

얼마나 기쁘고 즐겁습니까? 개강을 진심으로 축하드립니다!"
화사한 모습으로 거듭 강조해 주십니다.

미사에 이은 특강 주제 역시 "성자처럼 즐겨라!"였습니다. 제임스 마틴의 신간 서적명으로 성인들과 영성가들의 신앙과 삶을 통한 웃음과 유머를 제공해 주고 있는 참! 좋은 책으로 드봉 주교님께서 "추천의 글"을 부탁받은 이야기를 재미있게 소개하시며 성서에 기록된 기쁨과 즐거움 그리고 행복에 관한 말씀을 들려주십니다.

말씀 중에서 "여러분들은 그리스도를 본 일이 없지만 그분을 사랑합니다. 사랑하는 여러분 시련의 불길이 일어나더라도 무슨 이상한 일이 생긴 것처럼 놀라지 마십시오. 오히려 그리스도의 고난에 동참하는 것이니 기뻐하십시오"(1베드로 4.12-13)의 예를 들어 주시며 어려운 이웃들과 어렵게 살아온 저희들을 위로해 주듯 스스로를 돌아보게 합니다.

특히 드봉 주교님은 사제서품(1953년 파리 외방전교회 소속)직후 한국에 입국하여 60여 년 사제의 길을 걸어오심으로 하느님 앞에서 자기는 아무것도 아닌 존재로 일관하시며 순명과 청빈을 몸소 실천하셨으며 특별히 좋아할 것도 싫어할 것도 없는 빈 마음으로 살아오신 "가난의 영성생활"이 저희들 모두에게 귀감과 마음의 거울이 돼 주셨습니다.

이제 가톨릭 영시니어아카데미 1, 2학년은 2학기 개강과 더불어 활기차고 생기발랄한 노년의 삶을 위해 "내가 하고 싶은 것"을 "내가 할 수 있습니다"는 성취감을 스스로 엔조이(enjoy)하며 "지속적으로 함께 합니다"라는 노년학습 3원칙을 실천하는 건강한 모습들에서 "노후(老後), 그래서 더 아름다울 수밖에 없음"을 자타(自他)가 인정해도 좋을 것이며, 하느님의 찬사를 받기에 부족함이 없을 것입니다.

노인사목부 미디어위원 유정열(요셉)

3) 2014년 여름호 - 기획특집
프란체스코 교황 한국 방문 영성 메시지와 어록

　행동하는 개혁가 평화의 사도이신 프란체스코 교황께서 "일어나 비추어라"(이사 60.1)란 주제로 사목 방한을 하십니다. 8월 14일~18일(4박 5일간) 이 땅에 정의와 평화와 사랑이 활짝 피어나기를 기원하며 전 세계의 매스컴을 통해 전해 온 메시지와 중요한 어록을 소개합니다.

눈으로 볼 수 없는 예수 그리스도를 눈으로 볼 수 있는 교황님을 통하여 예수님을 만나는 프란체스코 교황님의 성상(聖像)

　* 미국 표천지가 선정한 세계의 위대한 지도자 50인 중 1위 그리고 타임지가 올해의 인물로 프란체스코 교황님을 선정하였습니다. 왜, 그랬을까요?
　세계적인 컨설팅사인 메켄지와 KPMG 컨설팅으로 교황청과 교회개혁을 추진하는 일은 그야말로 세속적인 틀로 성역의 잘못을 도려내는 용단 그리고 세상을 향해 "규제 없는 자본주의는 새로운 독재"라는 직설적 표현으로 현대 자본주의 병폐를 질타

하시는 순수한 용기이기 때문입니다.

* 2013년 3월 새 교황 취임 직후 대사들을 접견하는 자리에서 70세 고령의 칠레 대사 부부에게 '두 분이 부부싸움하면 누가 먼저 화해를 청합니까?'라고 질문을 하시면서 항상 상대방을 편안하게 해 주시는 교황님의 배려에 이들은 파안대소하며 감탄하였다고 합니다.

* 지난해 7월 브라질 세계청년대회 때 교황 취임 후 첫 해외 방문 시 대전 유흥식 라자로 주교도 그때 교황님을 만나 이탈리아어로 한국에서 350명 젊은이와 함께 왔다고 했더니 교황께서 "350명?" 되물으시며 왼손 엄지를 치켜세우며 "라키에사 코레아나 에포르테"(한국 교회는 강합니다)라고 하셨다고 합니다.

* 지난해 부활대축일 바티칸 베드로광장 미사에서 "로마와 온 세계(Urbi et Orbi)"라는 주제의 강복 메시지에서 "아시아, 특히 한반도의 평화를 빈다"라고 하시며 그곳에서 평화가 회복되고 새로운 화해의 정신이 자라나기를 빈다고 기원해 주셨습니다.

* 올해 부활절을 앞둔 성목요일(4월 17일)을 맞아 로마 외곽에 위치한 요양원의 장애인을 찾아 발에 입을 맞추며 세족례를 하셨습니다. 근대 교황 중 비기독교인과 여성에게 세족례를 하신 분은 프란체스코 교황님이 처음입니다.

가정 성화(聖化)와 소확행(小確幸)을 위한 할아버지 사랑 이야기

* 한국의 2014년도 4월은 잔인한 달이었습니다. 진도 앞 바다 세월호 침몰 사고 이후 교황님께서 한국민과 그 유가족들에게 애도와 위로해 주신 후 지난 4월 24일 바티칸 교황청에서 대전 교구장 유흥식 주교를 만나(8월 청년세계대회 준비차) 다시 애도의 뜻을 표하며 "한국인들이 참사를 계기로 윤리적 영적으로 새롭게 태어나기 바란다"고 하셨습니다.

여기 언급해 주신 윤리적 문제를 돌이켜보면 한국이 그동안 물질적 성장만 추구해 오면서 물질만능주의와 생명경시 풍조 속에서 남을 배려하는 마음의 부재 공정에 대한 판단의 부재 등 내적 성장을 이루지 못한 것이 원인임을 깨달아 성찰과 가치의 전환으로 공정과 법치 상식이 통용되는 새로운 국가 패러다임을 세워야 합니다.

교황님의 책 "복음의 기"(Evangelii Gaudium)에서 "복음의 기쁨"을 왜 쓰셨나?

교황님께서 수많은 사람들에게 조언을 구하고 교회의 복음화 활동 단계에서 참고 해야 할 관심사를 언급하시며 특히 열정과 생명으로 가득 찬 새로운 복음화 단계에서 교회가 취하여야할 시대적 사명과 은총을 위한 지침과 그 호소문을 수록하신 것입니다.

* 그리스도인은 새로운 의무를 강요하는 사람이 아니라 기쁨을 나누고 삶에 의미와 아름다운 전망을 보여 주며 풍요로운 잔치

에 타인과 이웃을 초대하는 사람입니다. 이러한 크리스천의 매력적인 모습 때문에 선교가 이루어지고 교회가 성장해 가는 것입니다.

책에서 수도회의 장상, 본당신부, 영성지도자, 교구장 주교직을 두루 거친 "사목의 달인"답게 복음선포와 신앙의 기쁨을 강조하시며 모름지기 복음선포는 장례식에서 막 돌아온 사람처럼 보여서는 결코 안 된다고 하시며 사제들에게 고해소가 고문실이 아니라 주님의 자비를 만나는 장소가 되어야 한다는 것을 일깨우고 싶다고 하셨습니다.

* 특히 사제들에게 폐쇄성과 배타성을 경계해야 할 것을 당부하시며 "예수님께서는 제자들에게 배타적인 엘리트 집단을 만들라고 하지 않으셨다"고 하시며 역사의 모든 시기마다 인간적인 나약함과 자기도취, 안주하려는 이기심… 우리 모두를 위협하는 탐욕이었다며 이러한 세태에 힘들다고 포기하지 말고 성인들처럼 시대의 어려움에 맞서 싸운 그 신앙과 열성을 배우자고 하셨습니다. 이는 사제들뿐만이 아닌 모든 평신도에게 전하는 메시지입니다.

바티칸 성 베드로 성당에서 열린 19명의 추기경 서임식에서

* "예수님의 길"을 강조하신 훈시에서 "예수님께서는 우리에게 철

가정 성화(聖化)와 소확행(小確幸)을 위한 할아버지 사랑 이야기

학과 이데올로기를 가르쳐 주신 분이 아니며" 당신과 함께 길을 가자고만 하셨습니다.

곧 그리스도가 선택한 십자가의 길은 우리들의 희망이라고 강조하시며 그 십자가의 길을 외면할 때 우리는 경쟁과 질투 파벌과 폭력 최악의 상태인 전쟁으로 빠져듭니다.

* 그때 우리 염수정 안드레아 추기경님께서 "추기경 임명에 많은 사람들이 기뻐하는데 나 혼자만 기쁘지 않다"고 하시며 자신이 가야 할 길이 여전히 두렵다고 하셨습니다. 서임식에서 교황님이 언급하신 바로 "십자가의 길"입니다.

* 서임식 다음 날 베드로성당에서 "원수를 사랑하여라"라는 주제로 축하 미사가 열렸습니다. 원수를 사랑하고 우리에 대해서 험담하는 이를 축복하며 그들에게 환한 미소로 다가가자 면서 그것만이 우리가 하느님의 사랑을 전하는 통로가 될 수 있다고 강조하셨습니다.

예수의 명령(Holy orders)인 "나를 기억하여 이를 행하여라!" 말씀을 실천하신 프란체스코 교황 방한은 가톨릭 성직자 수도자 모든 신자는 물론 전 국민의 가슴속에 인류의 아버지로 각인 될 것입니다. 더욱이 우리는 각자의 위치에서 생각과 말과 행동으로 거듭나야 할 것이며 세련되어야 합니다.

그것이 교황 방한에 대한 한국 가톨릭의 자세이고 도리일 것입니다.

※ 프란체스코 교황 방한 일정

8월 14일 : 청와대 방문, 천주교 주교단 면담

　　15일 : 미사집전(대전 월드컵 경기장)

　　　　　아시아 청년대회 참석(충남당진 솔뫼성지)

　　16일 : 시복식 집전(서울 광화문 광장), 꽃동네 방문

　　　　　(충북 음성)

　　17일 : 청년대회 폐막식 참석(해미성지)

　　18일 : 평화와 화해를 위한 미사집전(서울명동 대성당)

　　　　　출국

노인사목부 미디어위원 유정열(요셉)

4) 2014년 겨울호 – 기획특집
어르신 인문학 아카데미 종강식

　인문학 하면 문사철(文史哲)을 비롯하여 자연과학 사회학 예술까지 총망라하여 삶의 여정(旅程)에 교양을 쌓도록 연구하는 학문이 곧, 인문학입니다. 더불어 인간적인 삶을 위해 인문학 소양과 감성이 절실히 요구되는 시대적 상황에서 (사)서울시니어아카데미가 주관하고 서울특별시 노인복지과의 후원으로 지난 9월부터 12월 초까지 약 10주간 어르신 인문학교육을 압구정1동 성당에서 홍근표 바오로 신부 (사)시니어아카데미 사무총장의 마지막 수업으로 종강식을 갖게 된 것입니다.

　지금까지 실시해 온 교육 프로그램의 전반적인 내용 역시 어르신들의 과거 중장년 시대와는 달리 변화된 노년세대의 자존감 높은 경륜을 지켜 긍정적인 여생을 살아가도록 소통과 통합을 위한 특화된 교육 프로그램으로 전문 강사를 초빙 운영해 온 것입니다.

　여기 그 교과목을 간추려 소개하면….
　노년의 대인관계법/인간의 본성과 감정/노인성 질환과 건강/명상과 소통/웰빙 웰다잉(Well being Well dying)의 특화된 주요 과목으로 오늘 취재차 방문하여 마지막 수업을 청강할 수 있었던 좋은 기회 홍근표(바오로) 신부님의 강의 그 내용 중 인생의 진정한 가치와 의미를 위한 참 살이의 웰빙보다는 가톨릭 신앙인으로서 웰다잉 즉 일회적인 죽음을 어떻게 맞이할 것인가? 죽음 준비교육에 치중한 열강에 수강 어르신들은 물론 봉사자와 본당 교우들이 공감하고 감동하였습니다.

그 내용을 간추려 소개하면 "누구나 죽음의 두려움에서/죽음은 신앙인으로서 영성적 측면이 존재함을 확고히 하며/그러하므로 나의 죽음은 그리스도의 죽음에 동참한다는 사실을 확신해야 합니다."라고 강조해 주셨습니다.

오늘 종강식에 참여한 40여 명의 어르신 중 두 분의 소감발표 내용을 요약 소개하면 고령사회의 노인들 일수록 불통과 아집의 이미지를 스스로 탈피할 수 있도록 매사를 긍정적으로 수용하여 내 중심에서 타인 중심으로 특히 남편 의견을 존중하여 여생이 기쁘고 활기차게 살아가도록 마음을 다스려야 할 것이며 자신의 처지에 맞는 봉사와 베풂을 실천하고자 다짐하게 된 고맙고 의미 있는 교육 기간이었다고 그 감회를 피력하셨습니다.

오늘날 세계는 불공정한 경제 제도와 적자생존의 법칙의 굴레에서 일회용 문화가 만연하고 인간의 가치를 효용성으로 판단하여 잉

여인간을 양산하는 경제적 폭정을 지적하신 프란체스코 교황님의 "복음의 기쁨"의 사랑 나눔을 실천하도록 권고하신 반포문의 말씀과 같이 우리 신앙인 모두는 고통받는 가난한 이웃에게 관심과 보살핌이 생활화되어야 할 것이며 다가온 대림시기를 잘 보내야 할 것입니다.

특히 현실적으로 직면한 신자유주의 한계를 부정할 수 없는 시대 상황에서 인간적인 삶을 위한 어르신 인문학 아카데미 지속적인 운영을 환영하며 사회 전반에 반영되기를 이참에 기대하게 됩니다.

노인사목부 미디어위원 유정열(요셉)

5) 평화의 모후 화곡본동성당을 찾아서

　형제자매님들, 교회 하면 화기애애한 사랑의 공동체가 떠오르지요? 그리스도의 부활과 복음의 기쁨으로 교회공동체에 사랑과 활력이 넘치고 대소간의 어려움을 함께하며 희생과 순명으로 봉사하는 분위기를 상상하게 되지만 그 속을 들여다보면 그렇게 녹록지 않은 것이 교회 현실이기도 합니다.

　이참에 '가톨릭 시니어' 기획특집으로 교회의 시대적 소명을 잘 실천하고 있는 모범성당 "평화의 모후 화곡본동성당"을 소개하려 합니다.

　신월1동, 화곡6동, 화곡본동 지역의 12,000여 명 교우가 한 지붕 세 가족 공동사목성당으로 파란과 우여곡절 끝에 신월1동성당과 화곡6동성당(우장산성당)으로 분당한 후 큰 규모의 과거의 명성을 되찾은 5,000여 명의 화곡본동성당으로 예수님이 원하시는 사랑과 평화의 교회로서 시대적 사명에 충실하도록 강문일(사도요한) 주임사제를 중심으로 모든 교우들이 한마음 한뜻이 되어 교회봉사

　　가정 성화(聖化)와 소확행(小確幸)을 위한 할아버지 사랑 이야기

에 즐겁고 기쁘게 참여해 오고 있습니다.

규모가 큰 성당으로 유휴 시설을 활용하기 위한 일환으로 데이케어 센터를 설치 안정적으로 운영해 온 지 5년여 조기 치매 노인들의 쉼터로써 그 역할을 잘해 오고 있으며 장례 예식장을 운영하여 강서 양천지구 본당 교우들의 장례 편의를 도모함은 물론 교회 재정에 큰 도움이 되고 있습니다.

연중 7월과 12월 세례성사와 격년으로 견진성사를 사목계획에 따라 실시하여 신자 영성화에 정성을 다하고 있으며 요즘 입교자들의 현황을 보면 관할지역 외 비신자들과 본인들 스스로 성당을 찾는 입교자들의 수가 증가하고 있는 추세입니다.

이는 프란체스코 교황님 방한 이후의 현상 같기도 하지만 본당 레지오 마리애의 지속적인 가두 전교와 비신자 가정방문 전교 그리고 매월 상영하는 명화감상에 비신자 이웃과 함께하는 방영효과이기도 합니다.

또한 미래 교회의 주인이 되어야 할 청년 사목활동 역시 소홀할 수 없는 중요한 관건으로 작금의 냉혹한 현실에서 취업의 어려움으로 결혼과 출산까지 포기하는 삼포세대의 고뇌에 찬 청년들 이들에게 신앙 안에서 자기중심을 지켜 매진할 수 있도록 관심과 격려가 필요한 때이기도 합니다.

각 본당 단체의 구성상 교회학교 교사회와 청년회로 구성되어 있듯이 이들을 위한 본당 김윤욱(루카) 보좌신부 역시 이들의 손발이 되어 당신 스스로 자청한 바리스타와 셰프가 되어 주일 청년미사 후엔 손수 차린 상큼한 요리로 이들과 어울려 나눔의 파티를 연다. 그리고 더치커피(Dutch coffee)를 직접 내려 원액으로 교우들에게 판매하여 그 비용을 충당하기도 합니다.

이러한 사제의 신선한 모습은 착한 목자의 소통과 친화의 상징으로 전 신자들에게 감동과 울림으로 다가오고 있습니다. 또한 청년 레지오 활동은 물론 참울림 노래패 청년성가단 관현악 연주단을 활성화하여 송년 음악회를 개최하여 교우들과 이웃성당 청년들에게 동기부여는 물론 좋은 사례로써 방향(芳香)이 멀리 퍼져 나가고 있습니다.

사목협의회 교육문화분과 활동 일환으로 사순특강, 신앙강좌 또 매월 실시하는 명화감상과 봄, 가을 음악회를 위한 성음악 관련 연주단을 초청하여 비신자 이웃과 가족이 함께하는 친교의 장으로 문화 예술의 정서 함양에 기여하고 있습니다.

지난 해 사순시기 중 특강과 함께 가톨릭 시니어아카데미 예능 동아리 합창, 기타, 하모니카단을 초청하여 전신자들의 찬사와 환호를 받으며 연주회를 시행했습니다.

가정 성화(聖化)와 소확행(小確幸)을 위한 할아버지 사랑 이야기

올해 상영한 영화를 소개하면 수상한 그녀/겨울왕국/선오브갓 (Son of God)/전년도 오페라유령에 이어 2탄으로 러브 네버 다이 (Love Never Die) 등 뮤지컬 영화를 방영하여 감동의 시간을 함께 하였습니다.

일련의 봉사활동 역시 "우리가 교회입니다"란 삯군이 아닌 목장의 주인으로서 희생과 봉사를 수범적으로 실천하여 하느님께 아름답게 봉헌될 수 있도록 작은 실천을 생활화하고 있습니다.

각자의 신앙생활을 돌이켜 보면 힘들여 찾아 헤매던 신앙의 원리와 진리의 율법도 나의 가까운 바로 우리 마음속에 있었다는 놀라운 깨달음으로 "너희는 남에게 바라는 그대로 남에게 해 주어라"(마태 7.12)라고 하신 말씀이 바로 〈하느님의 법〉이었듯이 "너희 마음과 목숨과 힘을 다하고 생각을 다하여 주님이신 하느님을 사랑하고 네 이웃을 네 몸같이 사랑하라" 이 말씀을 실천하기 위해 늘 깨어 기도하는 활기찬 화곡본동성당 신자들의 모습에서 밝고 희망찬 미래의 교회상을 발견하게 됩니다!

유정열(요셉) 노인사목 미디어위원

6) 지구의 눈물을 닦아 줄
"프란체스코 손수건" 갖기 운동

한 방울의 물이 모아지면 도랑이 되고 그 도랑이 시냇물로 또 강과 바다가 되어 유유히 흘러가며 그 물길을 따라 거대한 인류 역사가 발전해 가고 있습니다.

우리 일상에서 추구하는 다양한 행위의 일 역시 하찮은 물 한 방울처럼 그렇게 시작되고 선택과 실천, 행동하는 기도에 의해 훌륭한 결과에 이르게 됩니다.

여기 프란체스코 교황 방한 1주년을 기념하여 가톨릭신자와 전 국민의 생활 속에서 자연을 보호하고 환경을 정화하는 일환으로 "프란체스코 손수건" 갖기 운동을 대대적으로 실시해 오고 있습니다.

그 구체적인 운동으로 프란체스코 교황님께서 한국 방문 시 저희가 부여받은 "하느님을 향해 밖으로 앞으로 지치지 말고 우리의 사명과 소명 파견을 실천하기 위해 나아가야 하는 Mission 'Go On!'의 캠페인"과 함께 성녀 베로니카가 피땀으로 얼룩진 예수님의 얼굴을 수건으로 닦아드린 아름다운 선행처럼 우리들도 각자의 일상 속에서 물티슈, 냅킨, 휴지 대신에 프란체스코 손수건을 사용함으로써 자연과 환경을 보호하는 즉, 베로니카 성녀처럼 지구의 눈물을 닦아주는 가톨릭 전 신자와 전 국민적인 운동인 것입니다.

'빨리빨리'와 편리함만을 추구해 온 저희가 하루아침에 습관을 바꾸기란 쉽지 않습니다. 이제부터라도 자비의 특별 희년을 맞이하여 당신을 닮은 자비의 마음으로 구체적인 기도와 나눔 이웃 사랑을 실천하기 위하여 자비의 희년살이 운동 '하자 아자'와 함께 하느님 아버지를 닮은 자비로운 마음으로 살아갈 수 있도록 낭비와 소모적인 사소한 생활 습관부터 고쳐 살고자하는 결단이 필요합니다.

꼭, 프란체스코 손수건만을 사용하도록 강조하지 않습니다.

지금도 나이 드신 노년 세대들과 중년층에서 좋은 습관으로 손수건을 휴대하여 품위를 유지하는 모습을 종종 볼 수 있어 다행스러웠듯이 손수건의 다양한 용도를 살펴보면 미세먼지와 독가스 노출 시 마스크 대용/화장실에서 손 씻은 후 건조용/식사 전 후 손과 입술 닦기/식후 앞섭에 묻은 얼룩 수세용/숙녀들의 무릎 가리개/연인들의 야외 벤치 깔개용/눈물을 닦아주는 따뜻한 위로 등의 용품으로 때와 장소에 따라 적잖은 편리와 편안함을 제공해 주는 다양한 손수건의 용도를 잊고 살아온 안타까운 현실이었습니다.

그렇습니다.

우리의 일상에서 무심코 쓰고 함부로 버리는 과소비 습관을 버리고 모든 생활용품의 구매행위가 단순한 경제행위를 넘어 환경보존의 도덕적 행위가 되도록 생활양식을 바꿔 살아가도록 주변을 살펴보아야 하겠습니다.

요즘 사회저변을 돌아보면 경제성만이 아닌 이유로 많은 사람들이 중고 시장을 찾는 경우와 버려질 재화를 활용하여 새로운 가치를 창출하는 산업체가 늘고 있어 화제가 되고 있습니다. 그 대표적인 예로 어느 화장품 회사에서는 자원절약이 화두가 되면서 주류회사들이 공병을 회수하는 것처럼 빈 화장품 용기를 반납하는 고객들에게 혜택을 제공하고 있다고 합니다.

이제 신앙인들도 우리의 환경보존을 위한 도시환경 정화와 사회정화 운동에 깊은 관심을 갖고 행동이 따르는 기도와 수범적인 실천을 위한 영적 육체적인 변화가 절실한 때입니다.

지금 우리 세대가 환경을 잘 지켜 다음 세대에 물려준다면 그들은 청정한 자연환경에서 꿈과 나래를 펼쳐 살게 될 것이며 사랑과 평화가 가득한 이 땅에서 환경, 문화, 경제, 과학, 체육 강국으로 세계에 우뚝 설 희망찬 미래를 기대하며 여기 "프란체스코 교황님의 "우리의 지구를 위한 기도"를 옮겨 실습니다.

우리의 지구를 위한 기도

[회칙 찬미받으소서의 프란체스코 교황님의 기도]

가정 성화(聖化)와 소확행(小確幸)을 위한 할아버지 사랑 이야기

전능하신 하느님,

하느님께서는 온 누리에 계시며

가장 작은 피조물 안에 계시나이다.

하느님께서 존재하는 모든 것을 온유로 감싸 안으시며

저희에게 사랑의 힘을 부어주시어.

저희가 생명과 아름다움을 보살피게 하소서.

또한 저희가 평화로 넘쳐

한 형제자매로 살아가며

그 누구에게도 해를 끼치지 않게 하소서.

오, 가난한 이들의 하느님,

저희를 도와주시어

저희가 하느님 보시기에 참으로 소중한 이들,

이 세상의 버림받고 잊힌 이들을 구하게 하소서.

저희 삶을 치유해 주시어

저희가 이 세상을 훼손하지 않고 보호하게 하시어

오염과 파괴가 아닌 아름다움의 씨앗을 뿌리게 하소서.

가난한 이들과 지구를 희생시키면서

이득만을 추구하는 이들의 마음을 움직여 주소서.

저희가 하느님의 영원한 빛으로 나아가는 여정에서

모든 것의 가치를 발견하고

경외로 가득 차 바라보며

모든 피조물과 깊은 일치를 이루고 있음을 깨닫도록

저희를 가르쳐 주소서.

하느님, 날마다 저희와 함께해 주시니 감사하나이다.

비오니, 정의와 사랑과 평화를 위한 투쟁에서

저희에게 힘을 주소서.

노인사목 미디어위원 유정열(요셉)

가정 성화(聖化)와 소확행(小確幸)을 위한 할아버지 사랑 이야기

7) 2016년 겨울호 – 아름다운 삶
명동성당 시메온학교를 찾아서

파란(波蘭) 많았던 지난날들을 돌아보는 사람들이 하나같이 "걸 걸 걸" 하며 회한에 젖는다고 합니다. '좀 더 잘할걸' '좀 더 사랑할 걸' '좀 더 베풀걸' 3걸의 회한인 즉 아직 건강하게 살아가고 있는 산자(生者)들이 실천해야 할 인생의 소중한 가치와 의미이기도 합니다.

여기 하나를 더하여 4걸의 "좀 더 배울걸"을 추가하고자 하는 안타까운 노령의 어르신들이 있습니다. 과거 우리 민족이 겪은 전쟁의 고통과 과거 여성에 대한 잘못된 편견으로 배움의 기회를 갖지 못한 한글을 모르는 어르신들을 위하여 서울대교구 노인사목부 (사)서울시니어아카데미에서 몇 해 전부터 교육과정을 운영하고 있습니다.

2015년 3월부터 시메온학교 문해 과정을 개강하여 총 40주간을 진행하고 있습니다. 그동안 한글을 몰라 남모를 아픔을 안고 살아온 어르신들이 자신감과 희망을 갖고 기도하며 공부할 수 있었음을 감사하고 기뻐하는 모습이 참 아름다웠습니다.

　교재는 한글교육 기초과정의 "한글 배움나무"와 노인사목부가 펴낸 "한글공부 기도서 책"으로 열심히 배우고 익혀 한글을 읽고 쓸 수 있게 된 어르신들이 정성들여 표현한 구절을 보면 (남편에게) '여보, 우리 항상 건강하게 살아요' (신부님께) '신부님, 이곳에서 공부하게 해 주셔서 감사드립다' 또한 일상생활 중에서 기억하고 싶어지는 일이 생기면 그 느낌을 일기처럼 쓸 수 있어 마음이 편안해진다고 합니다.

　어느 분은 교우들과 인솔자를 따라만 다니던 성지순례도 이젠 성지 안내 전단지를 읽고 살펴볼 수 있어 지금 이렇게 편안히 신앙생활할 수 있게 해 주신 선조 성인들과 하느님께 감사드린다고 합니다.
　또 어느 분은 성서와 성가도 읽을 수 있어 미사봉헌이 기다려지고 성인호칭기도를 할 때에도 기도서를 보고 의미를 생각하며 정성껏 바칠 수 있으니 새 세상 같다고 합니다.

　통계에 의하면 우리나라 문맹율은 1.7% 낮은 편이지만 70대 노인 10명 중 2명이(20.2%) 한글을 모른다고 합니다. 이런 가슴 아픈 현실을 수수방관할 수 없어 교회만이라도 시메온학교를 운영할 수 있도록 각 본당 시니어아카데미(구 노인대학)에 프로그램화하여 활성화하도록 노인사목부에서 앞으로 적극 지원할 것입니다.

현재 (사)시니어아카데미 가톨릭센터 범우관(학생/교사 19/5), 고덕동성당(13/5), 방학동성당(13/2), 삼성산성당(28/4) 월곡동성당(24/5), 자양동성당(24/6)에서 시행 중입니다.

여기 시메온학교 명칭의 유래를 살펴보면 1976년 한국 교회에 처음 노인대학을 설립한 공항동성당 주임사제 박고빈 시메온 신부님(1935~2002)의 본명을 기리기 위한 명칭이며 그 당시 실화로 박고빈 신부님께서 앞으로 다가올 고령화사회를 대비하여 노인복지의 평생교육 일환으로 서울대교구가 먼저 각 본당에 노인대학을 설치, 운영할 수 있도록 서울대교구장이셨던 김수환 교구장님(선종 당시 추기경)께 제안하시자 "참 좋은 생각입니다. 내 적극 도울 테니 잘해 보시오."라고 하셨던 지금의 가톨릭 서울시니어아카데미(구 노인대학)의 설립 역사입니다.

이제 한글을 익히고 깨달아 앎의 기쁨을 누리며 가족과 친지들에게 자유로히 소통할 수 있게 된 어르신들이 "하늘의 계신 아버지께서 자비로우신 것처럼 너희도 자비로운 사람이 되어라"(마태 5.48) 하셨듯이 어르신 모두에게 자비와 사랑을 위해 기원하며 여기 선종하신 김수환 추기경님께서 번역하신 "독일 어떤 노인의 시" 시상(詩想)을 통해 노년의 심리와 실상에 공감하고 시니어 영성과 은사를 기대하며 명시(名詩)를 소개합니다.

독일 어떤 노인의 시

(번역 故 김수환 추기경)

이 세상에서 최상의 일은 무엇일까?

기쁜 마음으로 나이를 먹고

일하고 싶지만 쉬고

말하고 싶지만 침묵하고

실망스러워질 때 희망을 지니며

공손히 마음 편히 내 십자가를 지자.

젊은이가 힘차게 하느님의 길을 가는 것을 보아도 시기하지

않고

남을 위하여 일하기보다 겸손 되이 다른 이의 도움을 받으며

쇠약하여 이제 남에게 아무런 도움을 줄 수 없어도

온유하고 친절한 마음을 잃지 않는 것.

늙음의 무거운 짐은 하느님의 선물

오랜 세월 때 묻은 마음을 이로써 마지막으로 닦는다.

참된 고향으로 가기 위해

자기를 이승에 잡아두는 끈을 하나씩 하나씩 풀어가는 것.

참으로 훌륭한 일이다.

이리하여 아무것도 할 수 없게 되면

그것을 겸손 되이 받아들이자.

하느님은 마지막으로 제일 좋은 일을 남겨두신다.

가정 성화(聖化)와 소확행(小確幸)을 위한 할아버지 사랑 이야기

그것은 기도이다.

(중략)

"오너라, 나의 벗아, 나 너를 결코 잊지 않으리라."

사진 유정열 (요셉) / 노인사목부 미디어위원

8) 파티마 성모발현 100주년 기념
6대륙 순례기도

명동성당 미사봉헌 및 묵주기도

서울대교구는 지난 5월 23일 명동성당에서 '파티마 성모 발현 100주년 기념 6대륙 순례기도회'를 1,500여 명의 신자들이 모여 세계 평화와 한반도의 안정과 평화를 위하고 전 세계 젊은이들과 가정 성화를 위한 미사봉헌과 묵주기도를 봉헌하였습니다. 미사는 서울대교구 교구장 염수정 추기경님의 주례로 진행되었고 마침 해갈의 빗줄기가 내리는 성당 옥외 광장엔 입장하지 못한 500여 명의 신자들이 응집하여 파티마 성모님의 순례 행렬에 〈아베마리아〉를 부르며 환영하였던 사랑의 미사봉헌과 기도회였습니다.

파티마 성모님의 발현의 역사를 돌아보면 포르투갈 파티마에 사는 세목동에게 나타나(1917년 5월 13일) "무신론적 삶과 신성모독에 대한 경고와 세상의 평화와 영혼들의 회개를 위해 기도할 것"을 당부하셨습니다.
특히 무신론적 삶과 하느님을 부정하는 행위는 곧 지옥과 멸망에 이르게 될 것임을 경고하셨던 것이며 우리 안에 계신 하느님께서 우리를 보호하고 계시다는 그 믿음을 일깨우기 위한 발현이심을 잘 깨달아야겠습니다.

시성식 주례를 맡으신 교황님의 말씀 중에서

성모님 발현 100주년을 기념하여 서울대교구장 염수정 추기경님께서는 백 년 전 1917년 5월 13일 성모님 발현 이후 그해 10월까지 매월 발현하시어 태양의 춤을 추었던 흠숭과 경탄의 기적을 기억하면서 유일한 분단국가인 한국의 가톨릭교회에 당부 말씀으로 세계평화와 한반도의 안정과 평화를 위하고 침묵하고 있는 57개 북녘 교회와 여러분들의 가정성화를 위해 5월부터 10월까지 묵주기도를 봉헌하도록 권고하셨습니다.

이제부터 우리는 이토록 신성하고 위대한 그래서 평화의 모후로 오신 파티마 성모님의 발현의 역사를 잘 이해하고 받아들이기 위해서는 저희에게 오신 파티마 성모님의 발현이 티 없으신 성모님의 성심이 저희들의 안식처와 신앙생활을 돕는 성스런 이끄심으로 인식하여야 할 것이며, 성령께서 이끄시는 복음적 신앙생활과의 혼돈의 흠결과 복음보다 더 중요시하는 믿음의 오류로 인하여 불편한 진실이 되지 않도록 유념하여야 할 것입니다.

또한, 우리는 하느님께 이끌어 주심에 기쁘게 응답하고 "하느님은 사랑이시다"(요한1, 4)는 말씀을 증언하고 그 사랑을 오매불망(寤寐不忘) 실천하여야 할 것입니다.

지난 5월 11일 파주 임진각 평화의누리 광장에서 거행된 성모님 발현 100주년 기념 평화통일 기원 미사봉헌 시 주례를 맡으신 이한택 주교님(전 의정부교구장)의 강론에서 "세계평화와 분단 한국의 평화통일 한국사회의 정치 사회적 안정"을 위해 기도를 당부하시며 파티마 성모 발현을 목격한 세목동도 세계평화와 죄인들의 회개와 영혼을 위한 묵주기도를 권고한 성모님의 말씀을 단순하고 티 없는 마음으로 실천에 옮겼다고 하시며 파티마의 목동들과 성모님의 "성덕의 길"은 거창한 공덕을 쌓는 것이 아니라 단순한 기도와 희생 봉헌이라고 강조하셨습니다.

이렇듯 성모발현을 목격했던 파티마의 목동 프란체스코와 히야친타 남매에게 백 년이 지난 2017년 5월 13일 시성되었습니다. 미성년자가 성인이 된 것은 순교자를 제외하고는 이번이 처음 있는 큰 경사였습니다.

앞으로 저희 모두는 성모님의 '성덕의 길'을 따라 끊임없이 성찰하고 진지하고 치열하게 반성 회개하여 당신께서 약속하신 영원한 생명에 이르는 구원신앙에 확신을 갖도록 기도하여야 할 것입니다. 또 우리 민족의 화해와 일치로 승화되어 사랑과 평화의 축복받은 아름다운 우리나라가 되도록 전구하며 여기 파티마 성년에 바치는 봉헌기도문을 바쳐드립니다.

가정 성화(聖化)와 소확행(小確幸)을 위한 할아버지 사랑 이야기

파티마 성년에 바치는 봉헌기도

주님의 어머니시며 파티마의 묵주기도의 모후이시며
모든 여인들 중 가장 복되신 동정 마리아 님,
기뻐하소서.
어머니께서는 파스카 빛을 입은 교회의 모상이시고
하느님 백성의 영예이시며
악의 세력을 이기셨나이다.

성부의 자비로운 사랑의 예언자이며
성자의 복음을 미리 알리는 스승이시고
성령의 타오르는 횃불의 표지이신 마리아 님,
기쁨과 슬픔의 이 골짜기에서
성부께서 미소한 이들에게 드러내신 영원한 진리를
저희에게 가르쳐주소서.

저희를 보호하는 어머니의 망토의 힘을
저희에게 보여 주소서.
어머니의 티 없으신 성심이
죄인들의 피선처이며 주님께로 나아가는 길이
되게 하소서.

형제자매들과 하나 되어

믿음과 희망과 사랑으로
어머니께 저를 바치나이다.
형제자매들과 하나 되어
묵주기도의 동정녀이신 어머니를 통하여
주님께 저를 봉헌하나이다.

그리하여
어머니의 손에서 흘러나오는 빛에 에워싸여
저는 영원히 주님께 영광을 드리겠나이다.
아멘.

노인사목부 미디어위원 유정열 요셉

9) 2017년도 노인의 날 기념 "가톨릭 어르신 큰 잔치"

어르신들이 신앙 안에서 건강하고 활기찬 노년을 보낼 수 있도록 서울대교구 노인사목부(대표사제 유승록 신부)는 매년 "가톨릭 어르신 큰 잔치"를 기획 실시해 왔습니다.

2017년 10월 20일 서울주교좌 명동성당에서 "풍부한 경험은 노인들의 화관이고 오늘의 자랑거리는 주님을 경외함이다"(집회 25.6)라는 주제로 성대히 시행되었습니다.

각 본당 시니어아카데미 모범학생들과 봉사자 약 1,200여 명이 참여한 가운데 손희송 베네딕도 총대리 주교님과 노인사목부 및 사무국 사제단의 공동 집전으로 경축미사가 봉헌되었으며 주교님의 미사 강론에서 우리 어르신들이 나이 들어갈 수 록 하느님의 자비와 예수님의 용서와 사랑을 진정으로 믿고 따라서 진복팔단의 3덕(신덕, 망덕, 애덕)의 덕행을 터득하고 일상화하면 사랑과 은총의 삶을 살 수 있다고 확신시켜 주셨습니다.

미사봉헌에 이어 각 본당 시니어아카데미 활동에 열심히 참여한 모범학생 67명과 가톨릭 시메온학교(문해교육) 모범학생 6명 글짓기대회 장원상 2명의 시상식이 박수갈채를 받으며 시행되고 손 주교님 외 노인사목부 사제단과 수상자 75명이 성당 제대 앞에 기념 촬영을 마친 후 점심식사는 코스트홀 프란체스코 회관에 분산하여 모두가 하나 되는 정갈한 비빔밥으로 성찬의 나눔을 함께 하였습니다.

명동성당 우측 마당에 펼쳐진 놀이, 체험, 전시마당에선 네일 아트와 페이스페인팅으로 손가방의 하얀 천위에 예쁘고 앙증스럽게 그려지는 꽃 잎새들이 그 가방에 낭만으로 새겨지고 화폭에 그려진 유명화가 부럽지 않은 미술작품들이 수려한 미학의 감동으로 다가왔습니다.

또한 성모동산에서 다채롭게 펼쳐지는 시니어 문화마당의 서막은 활기찬 난타공연(5지구)/화려한 춤사위의 한국무용(찬조)/고령 남녀학생 합창의울림(신청동본당)/"70~80세대도 발레를 할 수 있다"는 구호의 플래카드를 앞세운 라인댄스의 신명과 울림의 율동(화곡본당)/경쾌한 선율의 하모니카 연주(대림본당)/시니어율동 교사단의 활기 넘치는 에어로빅 등 그 스승에 그 제자이듯 감동의 방향을 불러오게 하는 고령 노년의 향연임에 틀림이 없었습니다. 끝으로 성 프란체스코 하프 앙상블(찬조)의 아름다운 선율로 시니어 문화마당이 막이 내렸습니다.

초고령 사회의 노년세대들이 나이를 먹는 것은 새로운 자신을 만나는 축복이라고 합니다. 자식들은 제 갈길 찾아 떠나가고, 나를

가정 성화(聖化)와 소확행(小確幸)을 위한 할아버지 사랑 이야기

따르던 사람들마저 하나둘 떠나게 될지언정 오늘 이곳에 펼쳐지는 신명과 예능감은 온갖 시름을 달래줍니다.

잔치마당에 나온 어르신들의 마음속에는 소싯적 낭만이 되살아나 감동과 공감의 박수갈채가 터져 나오고 명동성당 성모동산의 청명한 가을 하늘은 만추가경(晚秋佳境)의 아름다운 추억을 안겨 주었습니다.

그렇습니다.

오늘 손희송 총대리 주교님의 강론처럼 나이 들어 갈수록 어르신들의 일상에서 중요한 것은 하느님을 내 마음의 주인으로 모시고 진정으로 경외하는 믿음의 생활을 영위하는 것입니다.

그러면 심성이 밝아지고 유쾌하고 행복해지며 나이 듦이 절대 서글픈 것이 아닌 축복일 것입니다. 해를 거듭할수록 발전, 성장해 가는 서울대교구 노인사목부의 역할과 노인 어르신들의 사목적 배려가 풍성한 열매로 맺어지고 그래서 어르신들이 더 기쁘고 더 행복하도록 손희송 총대리 주교님의 강론 말미에 낭독해 주신 시편을 소개합니다.

행복하여라!
악인들의 뜻에 따라 걷지 않고
죄인들의 길에 들지 않으며
오만한 자들의 자리에 앉지 않는 사람,
오히려 주님의 가르침을 좋아하고

그분의 가르침을 밤낮으로 되새기는 사람.

그는 시냇가에 심겨 제때에 열매를 내며

잎이 시들지 않는 나무와 같아

하는 일마다 잘되리라.

(시편 1.1~3)

글 노인사목부 미디어위원 유정열 (요셉)

가정 성화(聖化)와 소확행(小確幸)을 위한 할아버지 사랑 이야기

10) 삼성산성당 시메온학교를 찾아서

최근 한국 노인의 현실과 문제란 주제로 열린 가톨릭 노인사목 심포지엄에서 삶의 의미와 가치 상실과 회의가 비신자 노인보다 신자인 노인들이 월등히 높다고 하였습니다.

노인 신자들이 교회 안에서 노년기를 대비한 노년 정서교육, 신앙과 영성교육, 신심단체의 봉사활동 참여 기회가 절대 부족한 현실이 원인으로 참여기회 확대가 절실하다고 하였습니다.(가톨릭신문 참조)

작금의 초고령사회의 실상을 고려하여 서울대교구 노인사목부는 어르신들을 위한 한글교실 시메온학교 설립 운영을 위해 2013년도부터 제1기 한글교육 교사양성 교육을 실시하여 우선적으로 교구 6개 본당 (사)시니어아카데미 명동 범우관/고덕동성당/방학동성당/삼성산성당/월곡동성당/자양동성당에 선발 파견하여 한글을 배우지 못해 암울하고 고단하게 살아온 어르신들에게 한글을 배우고 깨우치게 됨으로 자존감과 미래에 대한 희망과 평온한 일상에서 신앙생활을 영위할 수 있도록 시메온학교를 운영해 오고 있습니다.

지난 12월 대림 2주차 관악산 자락에 위치한 삼성산성당의 시메온학교를 탐방하고자 방문하였습니다. 20여 명의 학생 어르신들과 한글 기초반과 생활 영어반으로 편성된 해당 교사 봉사자들과 잘 어울린 화기애애한 학습 현장과 열심히 한 교사들의 열강 모습을 참관하였습니다.

시메온학교에 참여하는 학생 어르신들이 이제 늦게나마 참여하는 배움의 장에서 희망과 꿈을 갖고 기쁘게 공부할 수 있도록 도와주시고 함께하는 교사들도 은총과 사랑으로 하나 되게 해 주시라는 기도문처럼….

활기찬 학습 분위기에서 어르신들의 새로운 미래의 희망과 사랑이 넘쳐 나는 행복한 모습을 뵈올 수 있는 기회였습니다. 교사봉사들 모두가 타 본당 출신으로 교장 김성자(임마쿨라타), 생활영어 이혜원(레지나), 한글기초 두옥수(마리아) 그 외 봉사자 역시 출장 봉사 중이었고 각 교실별 열강의 수업을 마치고 나면 약간의 피로감이 역력해 보여도….

준비된 소기의 학습 결과에 선생님들이 스스로 느끼는 보람과 상기된 표정에서 어느 신부님의 좋은 글귀로 대비해 봅니다. "진정한 행복은 좋아하는 일을 하는 것뿐만이 아니라, 해야 할 일을 좋아하는 것입니다."라고 하셨습니다. 바로 여기 교사 봉사자들을 대변한 글로 딱일 것 같습니다.

가정 성화(聖化)와 소확행(小確幸)을 위한 할아버지 사랑 이야기

다행스럽게도 생활영어반 학생 어르신 중에서도 한글을 해독하지 못하는 분들이 부담 없이 노인사목에서 발행한 "한글공부 기도책"으로 학습하여 효과적인 한글반 교육생을 증원할 수 있어 운영의 묘를 살린 교육현장의 좋은 사례 같아서 신선한 느낌으로 다가왔었지요.

그렇습니다.

이제 늦게나마 용기를 내어 시작한 한글 공부가 신자인 어르신들의 신앙생활을 위함뿐만이 아닌 이분들의 자존감과 원활한 의사소통을 통한 교회와 사회의 구성원으로 소속감을 고양시켜 드리고 사회 적응력과 삶의 질을 향상 시켜드리는 시메온학교의 운영 참여와 확대 실시는 목천에 닦아온 초고령사회에서 교회 노인사목활동의 중요한 일환으로 서울교구 내 시니어아카데미(구 노인대학)가 설치된 각 본당의 우선적인 참여가 촉구됩니다.

노인사목부 미디어 위원 유정열 요셉

11) 평화의 모후 화곡본동성당
"주님 수난 성지주일 수난복음 성극" 탐방취재

사순시기를 시작하며 매주 금요일 밤 십자가의 길 기도 봉헌과 두 차례의 홍성남 신부님의 사순 특강에 이어 그리스도 예루살렘 입성과 최후 7일간의 〈지저스 크라이스트 슈퍼스타〉 뮤지컬영화 감상과 주님수난 성지주일 미사봉헌 때 제대 위에서 봉헌된 "수난복음 성극"은 전 신자들에게 십자가 고통의 신비를 통한 사랑과 은총을 안겨 주었습니다.

화제의 성극 연출과 각색을 맡은 본당교우 박상운 야고보(서울예대 연출 연기전공, 단국대 안양예고 강사, 햄릿, 〈가을날의 꿈〉 출연 등)는 모든 배역 소품 분장 배경음악 등 완벽한 감독으로 3월 25일(일) 성지주일 9시, 11시 교중미사 2회 공연을 제대 위에 올렸습니다.

주님 수난 성지주일 수난복음 성극

등장인물 : 예수님, 성모 마리아, 대사제, 빌라도와 부인, 백인

가정 성화(聖化)와 소확행(小確幸)을 위한 할아버지 사랑 이야기

대장, 로마병사 1, 2, 베드로, 요한, 키리네인 시몬, 베로니카, 마리아 막달레나 등으로 주요배역은 사목위원과 성체분배단, 남·여성구역장이 맡고 다수의 군중들은 여성구역장 반장들이 동원되어 4주간 연습 중 주연 배역의 콘셉트는 이미지와 발성에 따라 교체시키는 연출자의 강행군과 주연 배우들의 대사암기에 어려워할 땐….

원장수녀님(김 마리대건)께서 각자의 역할을 먼저 이해하면 연기와 대사 암기가 쉽다고 일러 주셨다. 그리고 완벽한 분장 의상 소품은 연출자가 전문 분장사에게 출장을 의뢰하고 그 비용은 출연 배우들 사목위원들이 십시일반으로 봉헌한 열성들이 더 감동이었다.

음악과 함께 해설자 등장 : 예수님께서 구원사업을 완성하시고자 예루살렘에 입성하실 때 "호산나 주님의 이름으로 오시는 분은 복되시도다." 예수님께서 파스카 예식을 거행하시며 "너희 가운데 한 사람이 나를 팔아넘길 것이다." 때가 되자 빵과 잔을 드시고 "받아라. 이는 내 몸과 피다." 하시며 성체성사를 세우셨다. "그래도 나는 되살아나 너희보다 먼저 갈릴니아로 갈 것이다." 이때 베드로는 "모두 떨어져 나갈지라도 저는 그러지 않겠습니다."라고 하니 "너는 오늘밤 닭이 두 번 울기 전 세 번 나를 모른다고 할 것이다." 결국 예수님은 수석 사제들과 율법학자들이 보낸 로마 병사들에게 잡히어 빌라도에게 끌려 나온다.

제대 위(무대) : 대사제와 빌라도 부부, 베드로와 요한, 성모님

마리아 막달레나, 베로니카가 무대 위와 앞에 위치하고 다수의 근중들은 대성전 앞자리에 배치된 후 성극의 서막이 열린다.

대사제 : 당신이 찬양받으실 분의 아들 메시아요?

예수님 : 그렇다. 너희는 사람의 아들이 전능하신 분의 오른쪽에 앉아 있는 것과 하늘의 구름을 타고 오는 것을 볼 것이다.

빌라도 : (예수님을 물끄러미 쳐다보며) 당신이 유다의 임금 메시아요?

예수님 : 네가 그렇게 말하고 있다.

대사제 : 저자는 스스로 하느님의 아들이라고 신성을 모독하고 있소.

군중들 : 신성을 모독하는 자는 죽여야 하오!

빌라도 : 당신은 왜 말이 없소? 저들이 당신을 저렇게 고발하는데.

예수님 : (침묵으로 일관)

빌라도 : 당신들은 이 유다인들의 임금이라고 부르는 사람을 어떻게 하기를 바라는 것이오.

군중들 : 십자가에 못 박으시오!

빌라도 : 도대체 그가 무슨 나쁜 짓을 하였단 말이오? 나는 그 자에게 잘못을 찾지 못하였소.

군중들 : (더 큰 소리로) 그 자를 없애고 바라바를 풀어주시오, 십자가에 못 박으시오.

베드로 : (가슴을 치며 슬퍼한다. 스승을 배신한 죄책감으로 몸을 숨긴다.)

가정 성화(聖化)와 소확행(小確幸)을 위한 할아버지 사랑 이야기

로마병정 1, 2 : (예수님께 자주색 옷을 입히고 가시관을 머리에
　　　　　씌운다. 뺨을 때리고 침을 뱉고 조롱하며 채찍질하고
　　　　　예수님을 끌고 간다.)
빌라도 부인 : (화려한 의상 차림) 당신은 저 사람의 일에 관여하
　　　　　지 말라니까요.
빌라도 : 나도 그렇고 싶지만 이리 하지 않으면 폭동이 일어날 듯
　　　　　하니 어쩌겠소?
빌라도 부인 : 제가 보기엔 저분은 의로운 분임에 틀림없어요.

대성전 5개 통로 중 2번째 통로로 고난의 행군 중 첫 번째 넘어지
신다. 성모님이 다가가 예수님을 일으켜 세우며 무언의 대화로 고
난에 동참한다. (애절한 음악이 흐름) 로마병사 1, 2가 군중 속의
키리네 사람 시몬을 끌어내어 대신 십자가를 지게 한다.

시　몬 : (십자가를 대신 지고 중앙통로에서 병사들의 명령대로
　　　　　예수께 다시 십자가를 지게 하고 예수는 2번째 넘어진
　　　　　다. 이때 베로니카 성녀가 수건으로 얼굴을 닦아 드린
　　　　　다. 마리아 막달레나 성모님도 다가간다.)
로마병사 1, 2 : (완강히 여인들을 끌어 밀치며 채찍질로 행군을
　　　　　강행시킨다. 이때 곁에 신자 어르신들이 울분으로 해도
　　　　　너무 합니다며 뜯어말리신다.)
예수님 : (울먹이는 여인들을 향해) 예루살렘의 딸들아, 나 때문
　　　　　에 울지 말고 너희와 자녀들을 위해 울어라, 걱정하지

말아라. 내가 가는 하늘나라가 진정 우리 모두의 나라다. 곧 너희에게 다시 올 것이다.

세 번째 넘어지신 후 : 간신히 골고다 언덕(제대 앞 계단)에 세우고 병사 1, 2에 의해 옷을 벗긴 후 십자가에 묶어 좌우 양손에 못질을 한다.

(이때 어둠이 내린다.) 쾅! 쾅! 쾅! 비명소리와 함께 천둥과 벼락소리로 적막을 울린다. 다시 무대는 밝아오며 십자가에 매 달리신 채로 〈유다인의 왕〉 명패가 부착된다.

예수님 : 아버지 저들을 용서해 주십시오. 자기들이 무슨 일을 하는지 모릅니다. (성모님을 바라보며) 이 사람이 어머니의 아들입니다.

요   한 : 이분이 내 어머니이시다. (요한은 예수님의 발아래 엎드려 비통에 잠긴다.)

예수님 : (고통스런 목소리로) 아버지 아버지, 어찌하여 저를 버리시나이까? 다~ 이루었다! 아버지, 제 영혼을 아버지께 맡기옵니다. (큰 소리를 외친 후 숨을 거둔다!)

(배우들과 전 신자들은 무릎을 꿇고 고개 숙여 경배드린다.)

백인대장 : 정녕 이 사람이 하느님의 아들이셨다!

엔딩 해설 : 곧, 안식일 전날이었으므로 아리마태아 출신 요셉이 빌라도에게 예수님의 시신을 내어 달라고 청하여 아마포에 싼 다음

무덤에 모시고 큰 바위돌을 굴려 막아 놓았다. 음악과 함께 성극은 막이 내린다.

이날을 기념하여 미사봉헌이 끝난 후 연출자 외 성극단 배우들 17명을 제대 앞에 도열. 배역별 소개마다 만장한 교우들의 박수로 화답하며 주임신부님의 극찬과 함께 잊지 못할 감동과 아름다운 추억으로 남게 되었습니다!

성삼일 마지막 날 예수님의 부활을 예고하는 부활성야 부활하신 예수님을 뵈오려고 배신자란 죄책감을 안고 빈 무덤에 달려간 베드로와 큰 사랑을 받은 요한의 모습이 지금 저희들의 모습으로 부활을 맞이합니다.

4월 1일 부활 대축일의 미사봉헌에 이어 2층 광장에서 17지구 (화곡본동 등촌동 가양동) 봉사 자매들로 구성된 천지인 사물단을 초청하여 신명난 사물놀이로 전 신자들과 사제단이 한데 어울려 부활 대축일의 기쁨을 함께하며 "기뻐하고 즐거워하여라"는 프란체스코 교황님의 권고처럼 하느님을 향한 실천적 사랑과 증거의 삶으로 성덕을 쌓아 살아 갈 것을 다짐하는 뜻깊은 날이었으며 올해의 사목목표 "사랑으로 열매 맺는 신앙의 해"가 이루어지도록 전 신자가 함께하는 참 행복한 화곡본동성당입니다!

12) 임종기 환우를 위한 "사전연명의료의향서" 작성에 관한 안내와 해설

인생을 통해서 철학은 삶의 의미 찾는 학문이라면 '종교는 죽음이란 무엇인가?' 그 해답을 얻고자 함일 것입니다. 하느님의 선물로 이 세상에 태어난 우리가 존귀한 삶의 가치에 따라 파란의 삶을 영위한 훗날 병고의 시달림 없이 평온한 죽음을 맞이하기를 누구나 소망하게 되지요.

누구나 겪게 될 병고와 죽음의 경황없는 긴박한 상황을 대비하여 내가 임종기 판정을 받으면 나 스스로 염두에 두었던 "사전연명의료의향서"와 의료기관에서 시행하는 "연명의료계획서"를 작성하기위하여 가족과 함께 협의하고 가톨릭신자로서 신앙의 가르침에 어긋나지 않도록 현명한 시행을 위하여 한국천주교회 생명윤리위원회(지영현 신부님의 상세한 안내와 자료)에서 제시하는 중요한 내용과 지침을 소개 공유하고자 합니다.

* 사전연명의료의향서 작성

(가톨릭 신자를 위한 양식으로 법적인 효력을 갖지 않습니다.)

본인은 호스피스 완화의료와 임종과정의 연명의료 결정에 관여하여 아래의 자발적인 의향을 명시합니다.

1) 호스피스 완화의료의 대상이 될 경우 이를 희망합니다.

2) 연명의료의 결정
현행법상 심폐소생술/혈액투석/인공호흡기착용/항암제투여의 의료행위가 본인에게 불균형적이라는 의학적 판단일 경우 이를 실시하지 않도록 아래와 같이 동의 또는 거부를 표명합니다.

심폐소생술(동의거부), 혈액투석(동의거부), 인공호흡기 착용(동의거부), 항암제투여(동의거부), 현행 법적으로 시행되는 의료행위를 ○ 표시하여 선택 결정합니다.

반면에 통증완화를 위한 의료행위와 영양공급, 수분공급, 산소공급, 체온유지, 욕창예방, 위생관리 등 기본적인 돌봄은 마지막까지 실시해야 합니다. 절대로 금기시되는 본인 스스로 죽음을 초래하는 직·간접적인 의도적 행위는 모두 배제합니다.

3) 병자성사 희망

본인은 가톨릭사제의 병자성사를 희망합니다.

4) 추가사항 기록

배우자, 가족에게 유언(별도작성) 장례절차와 방법 명시 장지안내 등

5) 서명 기명날인

* 작성자 본인

본인은 이 문서작성에 필요한 모든 사항에 대하여 설명을 들었고, 본인의 자발적인 의사로 이 문서에 서명합니다.

성명 세례명 :   (서명 날인)

생 년 월 일 :   년   월   일

주소 연락처 :   연락처

작 성 일 시 :   년   월   일   시   분

* 사전연명의료의향서 등록기관의 담당자

성   명 :   (서명 날인)

생년월일 :   년   월   일

소속기관 :   직위 :

연 락 처 :

가정 성화(聖化)와 소확행(小確幸)을 위한 할아버지 사랑 이야기

* 입회인(증인)

본인은 이 문서에 필요한 모든 사항이 설명되었고, 작성자가 이를 이해하였으며, 작성자 본인이 자발적 의사로 이 문서에 서명하였음을 확인합니다.

성 명 :   (서명 날인)
생년월일 :   년   월   일
주소 연락처 :   연락처
작성자와의 관계 :

위와 같은 사항들도 현실적으로 법과 현장의 분위기의 괴리가 심각하게 대두되므로 법취지와 생명윤리, 신앙의 가르침과 취지를 살려 현행의 연명의료는 환자의 최선을 위한 의료진과 가족이 협의 결정하는 선진국 사례를 참고해야 할 것이며 경황없을 임종기에 작성하는 "연명의료계획서"보다는 평소 건강할 때 작성하는 "사전연명의료의향서"가 활성화되어야 할 것입니다. 특히 영혼구원의 신앙관을 확신하는 신앙인으로서 피할 수 없는 죽음을 여유롭게 맞이할 수 있도록 위의 사항들을 기억하고 실행해 두어야 할 것입니다.

천상병시인의 귀천(歸天)의 명시처럼~ "나 하늘로 돌아가리라. 아름다운 세상 소풍 끝나는 날, 가서 아름다웠노라고 말하리라"를 읊어 주심처럼 이승과 저승의 삶이 단절이 아니라 삶의 연속이고

연장이 가능해지도록 임종기와 죽음의 대비가 실행에 옮겨짐으로 두려울 수밖에 없는 죽음 앞에서 그 두려움도 극복하게 될 것이며 저희의 궁극적인 지향인 하느님의 자비의 은총으로 구원을 얻게 될 것입니다.

13) 로마교황청 지정 성모순례성당
110년 전통의 행주성당을 찾아서

성 모방(maubant. pierre phillibert, 1803~1839)은 조선에 입국한 서양 최초의 신부로서 1839년을 기해 박해 때 앙베르 주교 사스탕 사제와 함께 순교한 사제로서 우리가 기억해야 할 순교성인이십니다. 모방 신부께서 1836년에 조선에 입국하여 조선반도 곳곳을 찾아 선교하던 중 행주 교우촌 방문을 위해 나룻배를 타고 한강을 건너갈 때 뱃사람들에게 유서 깊은 행주 대첩의 이야기를 듣습니다.

"삼백 년 전 왜(倭)나라에서 쳐들어 온 적이 있습죠?" 그 이전 임진왜란 때도 행주골 마을이 표적이 되어 수난을 겪게 되었습니다. 그 후 다행히 행주산성엔 권율 장군이 있고 이 마을에 사는 아낙네들이 행주치마 폭에 날라다 준 돌멩이로 왜적을 물리쳐 행주산성을 지킨 역사적인 승전이 바로 행주대첩인 것이며 행주산성으로 명명된 것입니다. 이때 모방 신부께선 조선민족의 강인한 애국애민의 정신을 읽어 천주의 큰 축복을 받을 민족임을 확신하셨다고 합니다.(행주성당 100년 이야기에서 발췌)

행주성당의 설립 초기부터 근대에 이르기까지 격동의 역사와 전통을 회고해 보고자 합니다. 1898년 약현본당 두세(Doucet) 주임 사제께서 행주산 지역에 교우촌이 형성되어 이 지역에 공소와 신앙학교를 설립 추진케 됩니다.

이때만 해도 행주포구는 한강을 통한 수로 교통요지였기 때문에 거주인구가 증가하고 가톨릭신자수가 증가 일로에 있어 약현성당 (현 중림동성당)으로부터 본당으로 승격하여 경기 서북부 관할(고양, 양천, 부평, 김포, 파주 등) 경기지역 최초 성당으로 명동성당과 약현성당에 이어 세 번째로 설립된 성당으로 올해 2019년 5월 19일 설립 110주년 기념으로 의정부 교구장 이기헌 베드로 주교님 주례로 경축미사를 봉헌케 되었습니다.

이렇듯 110년의 전통과 역사를 간직한 성당으로 신앙 선조들의 순교 정신과 가혹한 민족의 수난사를 이겨 낸 뿌리 깊은 행주성당의 역사를 연대별로 반추해 봅니다.

1898. 5. 교우촌 형성 공소설립(약현본당 두세 주임신부 추진)
1905. 5. 본당승격(경기서북부 지역 관할)
1909. 5. 초대 김원형 주임신부 소박한 한옥성당 설립 봉헌
1948. 2. 10대 주임신부 김성한 빅토리오 한옥 5칸~7칸 증축
1950. 6. 6.25 사변(1953. 11.정전협정까지 3.5년간 공소화)
1990. 12. 두봉주교 부임(2004. 11.까지 14년여 변화의시기

가정 성화(聖化)와 소확행(小確幸)을 위한 할아버지 사랑 이야기

주교재임)

2004. 6. 의정부교구 출범

2009. 5. 100주년 기념관 피정의 집 성모당 신축봉헌

2010. 2. 문화재 제455호 지정

2015. 11. 고양시 기존성당 해체 원형복원 유산보존

2016. 1. 로마교황청 지정 성모순례성당 인가

2019. 5. 설립 110주년 기념 경축미사봉헌

장구한 역사와 함께 민족의 수난과 외침을 이겨 낸 행주산성 역시 삼국 시대의 토축 산성으로 1593년 임진왜란 당시 충무공 이순신 장군의 진주 한산섬 대첩에 이어 권율 장군의 행주대첩은 3대 대첩으로 역사에 기리 보존되고 있지요!

유유히 흐르는 한강 하류에 섬처럼 위치한 행주산(해발 124.6m) 정상에 세워진 행주산성과 지금의 행주외동 샘말의 주민 70%는 성당의 교우들로 110여 년 동안 대를 이어 거주해 왔으며 지금의 자유로와 일산 신도시 개발 광풍과 무장공비 침투 방어용 철책으로 고립되어 섬 아닌 섬처럼 남게 되어 그나마 자연 그대로 보존된 행주산성과 행주성당으로 천주의 특은과 성소의 은총이 배어 있는 참으로 영광스런 교회로 보존되었습니다.

행주성당을 찾는 교우들을 위해 건립된 "행주성당 성모당"을 통하여 성모님의 위로와 전구를 체험할 수 있도록 성모당 안내문(별

첨)과 순례자를 위해 미사 안내와 소그룹 피정 신청을 안내합니다.(성모당 안내문 하단에 미사시간 안내)

주　일 : 오전 11시

월요일 : 오전 6시

화요일 : 저녁 7시

수요일 : 오후 3시(순례자를 위함)

목금일 : 오전 11시

토요일 : 저녁 7시(주일미사)

* 소그룹 피정안내 : 20~40명 이내

　　　　　　(신청문의 : 031 9741 1728)

　성당주소 : 경기도 고양시 덕양구 행주산성로 144번지 50

노인사목부 미디어위원 유정열 요셉

가정 성화(聖化)와 소확행(小確幸)을 위한 할아버지 사랑 이야기

CHAPTER 5

명시감상(名詩感想)…
시향(詩香)을 찾아서

1) 시의 향기
(가톨릭 시니어 2013년 여름호 게재)
한 알의 모래에서 우주를 보라

윌리암 블레이크(william Blake)

한 알의 모래에서 우주를 보고
한 송이 들꽃에서 천국을 보려면
그대의 손바닥에 무한을 실어
한순간 속에서 영원을 보라

(순수의 전조 1연에서)

To see a world in grain sand
And a heaven in a flower
Hold infinity in the palm of your hand
And eternity in an hour

(Auguries of Innocence)

Note(노트)

영국의 시인이며 화가인 윌리엄 블레이크(1757~1827)의 시(순수의 전조) 첫 부분입니다. 어느 영화에 인용되면서 알려진 이 부분만으로도 누군가는 전율이 정수리부터 발끝까지 관통하는 듯하다고 했습니다.

손바닥에 무한을 실어 한순간 속에서 영원을 보는 마음, 아마도 한 알의 모래에서 세계 혹은 우주를 보고 금세 시들어 버릴 한 송이 꽃에서 영원을 볼 수 있는 영성이 아니라면 시인의 초월적인 정신의 지평에 접근하기 어려울 듯합니다.

연약한 인간의 힘만으로는 도달할 수 없겠지만 아마도 인간을 있게 해 주신 분을 알아보는 눈과 마음이라면 가능하지 않겠습니까?

한 알의 모래에서 세계를 한 송이 꽃 혹은 풀잎에서 영원한 생명력을 가슴 씨릿하게 실감하는 은총의 경험이 될 것입니다.

글 유정열(요셉) 노인사목 미디어위원

2) 마리아 비스바와 심브로스키
"두 번은 없다" 시평과
"춘향전 번역의 심미안적(審美眼的) 미학"

너는 존재합니다 – 그러므로 사라질 것입니다

너는 사라진다 – 그러므로 이름답다.

위 시인의 작 〈두 번은 없다〉 중에서

마리아 비스와바 심브로스카(1923년 7월 2일~2012년 2월 1
일) 폐암투병 향년 88세 일기로 고인이 되었으며 1996년 스웨덴
한림원은 폴란드 무명시인 그녀에게 노벨문학상을 수여하였습니다.

국제 시단에 알려지지 않은 그녀는 부끄럼과 조용함의 친화적인
상징으로 실존 철학과 시를 부합한 이 시대의 진정한 리얼리즘 시
인으로 알려지고 그의 시상(詩想)은 지극히 평범한 일상에서 가장
쉬운 일과 상식적인 언어로 인간의 본질을 꿰뚫고 꾸밈없고 섬세한
극히 비범한 시를 썼습니다.

또한 1957년 스탈린주의를 비판한 시집 〈에티에게 외치다〉
(Wokariedo yeti)와 공산주의 체제와 근대사회의 개인주의에 대

한 위협을 탐험하는 자유로운 영혼의 시문학 발표에 이어 여러 시선집 중 '끝과 시작'을 발표함으로 폴란드 전 국민의 사랑과 후학들의 입문학을 위해 교과서에 수록하게 되었으며, 전체적인 시작과 에세이 수필에서 쉽고 단순한 글체와 시어로 정곡을 찌르는 그의 사유와 서사가 국경을 초월하여 대작을 만나는 많은 사람들에게 공감의 기쁨과 감명을 안겨 줬습니다.

그녀의 위작(偉作) 시를 옮겨 공감의 유희를 함께합니다.

두 번이란 없다

두 번 이러나는 것은 하나도 없다
일어나지도 않는다. 그런 까닭으로
우리는 연습 없이 태어나서
실습 없이 죽는다.
인생의 학교에서는
꼴찌라 하더라도
여름에도 겨울에도
같은 공부를 할 수 없다.

어떤 하루도 되풀이되지 않고
서로 닮은 두 밤도 없다.
같은 두 번의 입맞춤도 없고

하나 같은 두 눈맞춤도 없다.

어제 누군가가 내 곁에서
네 이름을 불렀을 때
내겐 열린 창으로
던져진 장미처럼 느껴졌지만

오늘, 우리가 함께 있을 때
난 얼굴을 벽 쪽으로 돌렸네.
장미? 장미는 어떻게 보이지?
꽃인가? 혹 돌은 아닐까?

악의에 찬 시간, 너는 왜
쓸데없는 불안에 휩싸이니?
그래서 넌 – 흘러가야만 해
흘러간 것은 – 아름다우니까.

미소하며, 포옹하며,
일치점을 찾아보자.
비록 우리가 두 방울의
영롱한 물처럼 서로 다르더라도.

시인의 어록과 우리의 고전 춘향전을 폴란드어로 번역한 〈열녀중

가정 성화(聖化)와 소확행(小確幸)을 위한 할아버지 사랑 이야기

의 열녀 춘향 이야기〉 서평을 정리하여 남기고자 합니다.

심보르스카의 어록에서 "책을 읽는다는 것은 인류가 고안한 가장 멋진 유희"라 하였습니다. 그렇습니다. 책을 읽든 신문을 정독하든 나이 들어 갈수록 독서를 생활화해야 합니다. 그래야 무료하지 않은 일상의 건재함이 가능할 것입니다.

그의 일상의 독서 편린에서 반드시 필독을 강요하진 않는다. 그의 재치와 웃음이 넘쳐나는 글발에서 내가 스스로 끓여 들게 됩니다.

열녀 중에 열녀 춘향 이야기

춘향은 도령님과 첫날밤
원앙의 이부자리를 덮고
해피 엔딩을 맞이하였을 그날 밤
뒤틀린 두발을 애써 가리지도 않았을 것입니다.

변 사또의 숙청으로 첩이 되길 거부하다
쇠가 박힌 대나무 몽둥이에 맞아
망가진 작고 어린 발과 하체 인대의 상흔이
쾌히 치유되었을까요?

행여 잔여 고통이 있었다 해도
각고의 인고 끝에 맞이한 대망의 해후와

행복한 유희가 이를 위로하고

기쁘게 하였음을 대변하고 있네요.

우리의 고전을 대표하는 춘향전 번역을 폴란드어로 시도한 심보르스카의 섬세한 관찰과 언어가 감명을 갖게 하며 극중의 변 사또의 폭력과 린치에 항거한 열녀 춘향의 단아하고 아름다운 여심을 잘 표현한 시인의 심미안에 감동과 공감을 불러오게 합니다!

가정 성화(聖化)와 소확행(小確幸)을 위한 할아버지 사랑 이야기

3) 신앙고백(信仰告白)

지금까지 하느님을 본 사람은 없으나 그분의 신성, 인성을 둘 다 믿어 고백하며 어려운 주변에 관심과 애덕을 실천하여 이웃을 사랑하면 하느님께서 우리 안에 머무르시고 그 사랑이 우리 안에서 완성됨을 믿습니다.

믿음 소망 사랑의 복음삼덕 중 제일이 사랑임을 믿어 실행코자 다짐합니다.

저의 신앙 역시 인류의 구원자로 오신 예수님께서 부활과 영원한 생명이심을 믿어 고백하며 몸소 가르치신 당신의 말씀과 계명에 따라 살기를 다짐하여 참 신앙인으로 나날이 새로워지도록 갈망하고 기도합니다.

당신 전부를 십자가 제물로 내어주신 그 사랑을 따라서 승리의 삶을 살아갈 것입니다.

특히 지체인 교회공동체 운영의 봉사자로 활동할 땐 "우리가 교회 곧, 내가 교회입니다"의 자세와 각오를 다지며 충직한 소임 수행으로 내적 쇄신의 기회가 될 수 있도록 최선을 다하여 '유종의 미'를 봉헌한 후 주님영광 바라보며 기회를 허락해 준 교회와 우리 주 하느님께 감사드릴 수 있기를 청원합니다.

웃고 울리는 세상일에 흔들리지 않고 온갖 간난고초 극복 할 힘과 인내와 지혜를 구하며 현세의 삶도 열심히 살아서 마침내 삶과 죽음이 분리되지 않고 일치하도록 오롯이 주님만을 섬기고 사랑하는 그 길을 살아가도록 사랑과 믿음으로 소망하고 기도합니다.

그리하여 거듭나는 신앙 중심의 일상에서 삶의 중심이 잡혀가고 메시아로 오신 주님을 내 인생의 주인이심을 믿어 고백하며 부족한 이 죄인 주님께 온전히 내 맡길 것입니다.
자비의 하느님께 영광과 흠숭으로 찬미 노래 부르며 불초(不肖)한 자신의 "신앙고백"을 이렇게 봉헌합니다.
아멘.

가정 성화(聖化)와 소확행(小確幸)을 위한 할아버지 사랑 이야기

4) 어린이 예찬

"어린아이와 같지 않으면 하늘나라에 들지 못합니다"

　나이 듦은 숫자에 불과하다는 듯 산전수전 다 겪은 파란(波瀾)의 어르신들도 동심의 나래를 펴고 그 고움을 가슴에 앉고 사는 동안의 애 늙은이가 있습니다. 이들은 위대하리 만치 때로는 순진무구하여 세상사 복잡다단한 사안에 비켜가지 않으며 도전하여 대안을 스스로 모색합니다.

　또한 수분지족으로 주변이 평화로 우며 늘상 활력이 넘치고 안색도 좋고 심신이 건강하다. 그러하지 못한 주변의 세인들이 부러워하며 선망의 대상이 되기도 합니다.

여기 춘원 이광수 선생의
'아기네 노래'의 어린이 예찬을 보면
놀라운 감동을 갖게 합니다.

제아무리 아름다운 그림의 색과 빛도
글씨의 붓도

소리의 음악도

역동의 춤도

언어의 말도

동심의 아름다움과 비유될 수 없다고 하였습니다.

그렇습니다.

'아기네 노래'의 어린이 예찬처럼

아이들의 천진난만 한 가슴속에는

다가올 미래의 꿈과 희망으로 가득 채워져 있으며

인생과 우주의 신비가

아름답게 담겨져 있습니다.

우리 곁의 동심의 아이들이

어른들의 거울이고 스승으로 일컬어지도록

그만큼 모방의 천재이고

감수성이 예민한 천사들입니다.

우리 곁에서 새록새록 펼쳐지는 동심의 세계가

더욱 아름답고 찬란합니다.

그리하여 예수님께서도

하늘나라에서 가장 위대한 사람도

자신을 낮춘 어린이와 같은 사람이며

'너희가 회개하여 어린이와 같이 되지 않으면

가정 성화(聖化)와 소확행(小確幸)을 위한 할아버지 사랑 이야기

하늘나라에 들어갈 수 없다.'
라고 하셨습니다.(마태 18.2~3)

5) 진정한 성공이란?

자주 그리고 많이 웃는 것

지혜로운 사람에게 존경받고 아이들로부터 사랑받는 것

정직한 비평가에게 찬사를 받고

거짓된 자들의 배신을 참아내는 것

아름다움을 분별할 줄 알고

다른 사람의 좋은 점을 발견할 줄 아는 것

아이를 건강하게 키우든

아니면 세상을 바꾸든

자기가 태어나기 전보다 세상을 조금이라도

좋은 곳으로 만들어 놓고 떠나는 것이 진정한 성공이지

당신이 한때 이곳에서 존재했다는 이유만으로

단 한 사람이라도 행복할 수 있다면

그것이 성공한 인생이지

랠프 에머슨 〈진정한 성공〉 중에서…

가정 성화(聖化)와 소확행(小確幸)을 위한 할아버지 사랑 이야기

너나없는 인생살이(life story)를 통하여 장수하고 부유하고 행복하게 살고자 합니다.

즉, 아름다운 인연을 많이 맺으며 때로는 살아온 과거사를 다시 사는 경우도 있습니다.

누구나 사노라며 추구하는 사람들의 성공 개념역시 명예와 권력을 또는 부귀와 영화를 추구하지만 여기 에머슨의 시상(詩想)처럼 내가 세상에 존재했다는 것만으로 누군가가 행복할 수 있다면 그것이 바로 성공한 인생이라는 시인의 청교도적인 성공 잠언이 참으로!

조용한 감명으로 공감을 갖게 하고 매력적입니다.

6) 자기 사랑(自己愛, self love)

자신을 사랑하지 않으면서 타인을 사랑할 수 없다.

자기 사랑은 곧 우주즉아(宇宙即我)와 같습니다.

내가 소우주이고 이 세상 유일한 존재로서 자기 사랑이 삶의 여정의 중심이 되어야 합니다.

더불어 살아가는 다중공간의 사회에서도 자기 사랑이 먼저이며 자기애(自己愛) 역시 이기심과 외통수의 자기주장이 아니라 자기 존중이 중심이 되어 신덕(信德)을 쌓고 자비와 사랑으로 성심 끝 살아야 합니다.

자기를 사랑하는 사람은 솔직 담백하여 때로는 휴머니티합니다.

자기를 사랑하는 사람은 소유보다 존재 가치를 높이 평가합니다.

자기를 사랑하는 사람은 자기의 가능성을 믿고 신뢰합니다.

자기를 사랑하는 사람은 자기의 삶의 가치와 의미를 정립합니다.

자기를 미워하는 사람은 타인도 사랑할 수 없습니다.

자기 사랑 결핍은 죽음을 의미하는 결과를 초래할 수도 있습니다.

가정 성화(聖化)와 소확행(小確幸)을 위한 할아버지 사랑 이야기

그래서 성 아우구스티누스는 이렇게 말했습니다.

먼저 하느님을 사랑하는 것을 배우고 자기 사랑하는 것을 배워서 자신을 사랑하듯 네 이웃을 사랑하라고 증언하고 있습니다.

이어서 파스칼이 말해 주는 것처럼 자신이 죽는다는 사실을 깨닫고 소풍 같은 세상을 뒤로하고 죽을 수 있기 때문에 "나는 우주보다 위대하다"라고 했습니다.

너나없이 한세상 살아가면서 아름답고 사람답게 사는 것도 자기 사랑(自己愛, self love)이 먼저이고 삶의 정의와 진선미(眞善美)를 추구하는 것도 자기 사랑으로 출발합니다.

7) 배드민턴 사랑

배드민턴을 쳐 본 사람은 다 압니다.

얼마나 재미있고 시간 가는 줄 몰라 하는가.

알루미늄 카본 티타늄 소재의 라켓 진화는 진행형이고

하얀 셔틀콕은 허공을 나는 새와 같아서

때론 총알처럼 스트레스를 한 방에 날립니다.

배드민턴의 풋 워크는 3스텝이나

대개의 고수들은 1~2스텝으로 끝냅니다.

초보자일수록 기본기를 충실히 닦아야 자세도 예쁘고

팔꿈치, 무릎 관절, 허리 부상을 피할 수 있습니다.

이렇게 세월 따라 구력이 쌓이면 고수가 됩니다.

나이 든 남성들은 '노년의 건강'을 위해 라켓을 든다 하고

중년이후 여성들은 '미래 비전'을 위해 라켓을 든다 합니다.

어찌되든 고수는 고수대로 변(辨)이 있고

풋내기 초자들은 그 재미에 푹 빠져

가정 성화(聖化)와 소확행(小確幸)을 위한 할아버지 사랑 이야기

시간 가는 줄 몰라 합니다.

뭐니 뭐니 해도 남녀 혼합 복식이 제일이고

고령의 연배 비슷한 실력 게임도 파이팅 하면 운동 되고

고수들의 기교와 스매싱은 국가 대표를 능가하기도 합니다.

이심전심 스포츠맨십으로 소중한 관계를 유지하며

연민의 사랑은 눈빛으로 오고 갈 뿐입니다!

생활시편(클럽감사) 작가 유정열 요셉

CHAPTER 6

용서와 화해

1) 용서(容恕)를 위한 변(辯)

상처를 받고 싶지 않으면 기대하지도 말고 인정과 애정을 구하지 마십시오. 진정한 용서란 상처를 준 사람이 더 이상 내 마음을 차지하지 못하게 만드는 것입니다. 미움이 멈춘 그 순간부터 용서가 시작됩니다.

말이 쉽지 용서한다는 게 그리 녹록한 일이 아닌 것입니다. 오늘 본당에서 주임사제가 신자들에게 용서에 대해 열강을 하고 나서 물었습니다.

"이제 미워하는 사람이 한 명도 없는 분 손들어 보세요."

손을 든 사람이 한 사람도 없었습니다. "아무도 없나요?"

다시 묻자 한 할아버지가 손을 들었습니다.

신부는 반가워 큰 소리로 "할아버지, 어떻게 아무도 미워하지 않게 됐습니까? 말씀 좀 해 주세요." 물었습니다.

할아버지 대답은 간단했습니다.

"응, 미워하는 사람이 있었는데 다 죽었어."

가정 성화(聖化)와 소확행(小確幸)을 위한 할아버지 사랑 이야기

촌천살인(寸鐵殺人) 초장수 고령화 시대에서 알고 지내던 사람이 죽지 않고서는 미워하는 사람이 있기 마련입니다.

'나는 그놈을 절대로 용서할 수 없어. 내가 당한 상처를 생각하면 용서가 되질 않는 거야.'

이럴 때일수록 산수를 잘해야 합니다.

수학이 아닌 산수를 잘하면 용서가 수월해집니다.

한번 계산해 봅시다.

만약 미움을 내 마음속에 품고 살면

누가 잠을 못 자나요?

내가 잠을 못 잡니다.

잠을 못 자면 누가 병에 걸립니까?

바로 납니다.

내가 병에 걸리면 누가 먼저 죽습니까?

바로 내가 먼저 죽습니다.

내가 이렇게 되면 누가 좋아합니까?

나를 미워하던 그놈이 좋아합니다.

딱! 계산이 나오는 산술입니다.

그렇습니다.

사람과 사람이 만나서 천국도 만들고 지옥도 만듭니다. 아무리 상대가 미워도 겨자씨만한 장점을 찾아 나의 마음밭에 심고 가꾸면 관계가 좋아지고 결국엔 공동체 안에 하늘나라가 만들어지는 것입니다.

이것이 신앙이고 이타애(利他愛)이며 공동선을 이루는 길입니다. 그래서 하느님께서는 통회의 정신을 즐겨 하셨습니다.

그러니 용서를 안 하면 나만 손해 보고 지나치면 죽음을 자초하기도 합니다. 내가 살기 위해서 내가 평화롭기 위해서 용서하는 것입니다. 용서는 자기 자신을 위한 결단이며 자기를 진정으로 사랑하는 사람은 용서할 줄 압니다.

여기 용서를 위한 세 가지 변(辨)을 소개합니다.

첫째, 용서하지 않으면 그 분노와 미움이 독이 되어 본인을 해치게 됩니다.

둘째, 용서를 해야 속박에서 자유로워집니다. 한 예화를 소개합니다.

미국으로 이민 온 한 랍비가 히틀러를 용서해야 했습니다. 미국에 와서까지 히틀러를 품고 살수는 없다는 사실을 깨닫게 됩니다. 그는 용서를 통해서 치유받는 최초의 유일한 사람은 바로 용서를 결행하는 자입니다. 용서를 하고 나면 자기가 풀어준 포로가 바로 자신이었음을 깨닫게 됩니다.

셋째, 용서가 죄의 악순환을 끊는 길이며 서로가 사는 상생의 길입니다. 성서에서 바오로 사도는 "여러분 박해하는 자들을 축복해 주십시오. 저주하지 말고 축복해 주십시오.(로마 12.14) 용서하기 전에는 두 개의 무거운 짐이 존재합니다.

즉 한 사람은 무거운 짐을 지고 있고 한 사람은 원망의 무거운 짐을 지고 있습니다. 용서는 두 사람 모두 자유롭게 합니다.

어느 자매의 신앙수기에 좋은 사례가 있어 소개하고자 합니다.

여동생이 큰돈을 사기당하고
그 사기꾼을 원망하고 저주하며 속을 태우는
동생에게 충고하기를
'너는 도마뱀만도 못한 년이다. 봐라.
도마뱀은 꼬리를 밟히면 그 꼬리를 잘라버린다.'

그 결단으로 죽음의 위험에서 벗어나고 새로운 삶을 살아갑니다.
너를 짓밟고 있는 그 증오 때문에 너는 죽고 망하는 것입니다.
우리도 마찬가지입니다.
뚝~ 잘라 버려야 내가 살고
용서를 결행해야 참 자유를 누릴 수 있습니다.

가톨릭신문 차동엽 신부 교리서 해설 중에서 발췌

2) 인간관계(human relationship) 말처럼 쉽지 않아

너나없는 다중공간의 일상에서
인간관계의 필연, 공감, 연민을 강조하며
상식에 부합하는 관계를 도모하고자
노력하고 역지사지(易地思之) 해 보지만
그렇게 쉽게 풀려지지 않는 것이
인간관계의 속성인가 싶습니다.

"죽고 사는 문제도 아닌데도 뭘 그러세요?"
괘씸함에 화가 용수리까지 치밀어 오르고
불협화음으로 결별의 위기감에 휩싸이게 됩니다.
이런 때일수록 평상심을 발휘하여 마음을 추슬러 보지만
말처럼 쉽지 않은 관계의 속성인 듯하여
씁쓸하다 못해 황망함을 금할 길 없습니다.

다반사로 발생되는 복잡다단한 사안들
공선사후 룰 따라 나에겐 엄격하고 타인에게

가정 성화(聖化)와 소확행(小確幸)을 위한 할아버지 사랑 이야기

재량을 베풀 수 있도록 자제와 아량으로 일관하지만
지독한 불협화음으로 이것을 얻고 나면
또 다른 것을 잃게 되는 불목(不睦)과 일탈의 연속.
그래서 "인간은 관계의 존재"라고 했나 봅니다.

때론 옳고 그름을 판단하기 어려울수록
정중동 평정을 유지한 후 내가 왜 이러지?
대수롭지도 않은 일을 가지고
여유를 갖고 갈등이 수습 국면에 이르러
삼사일언(三思一言)을 실천할 일말의 포용과 덕목으로
삶의 지혜를 발휘할 수 있어 천만다행입니다.

또한, 국가와 기업경영에 있어서 공무원과 기업인들에게
가치관과 철학을 소유한 영혼을 주문하게 됩니다.
그렇습니다.
'더 좋은 사람' '더 깊은 공감' '더 따스한 연대'의
삶을 살아가도록 영혼을 공유 할 친구를 사귀도록 하십시오.
그리고 친구가 되어 주십시오.

모든 관계에서 상호성의 중요한 요소는 '신실함'입니다.
영어의 신실함(fidelity) 역시
라틴어(fides) 믿음 신앙으로 연루됩니다.
그리하여 모든 관계는 하느님께서

베풀어 주신 선물과 은총으로 최후 보루인
영원한 생명에 이르는 여정(旅程)으로 참! 중요합니다.

가정 성화(聖化)와 소확행(小確幸)을 위한 할아버지 사랑 이야기

CHAPTER 7

문화 예술의
친화(親和)

1) 삼라만상(森羅萬象) 자연계 질서에 따라 문화 예술도 진화, 발전합니다

우주의 무한함과 거룩한 창조의 신비역시 "피조물의 웅대함과 그 아름다움을 미루어 보아 우리는 그들을 만드신 분을 알 수 있다." (지혜 13.5) 성서 말씀과 같이 삼라만상(森羅萬象)의 자연계 순환 질서에 따라 인류 역사는 물론 종교 철학 학문이 발전해 오듯 문화 예술 장르 역시 진화, 발전하여 세인들의 정서 함양을 위해 기여하고 있습니다.

여기 어려운 시대를 살아가는 세인들에게 삶의 위로와 희망을 안겨 줄 문화 예술의 다양한 장르의 진화와 발전 과정을 관찰하여 공감대 형성으로 기쁨을 함께하고자 합니다.

좋은 글과 작문으로 진향을 생성 방향 후 〈날아가서〉
명시의 시어와 연극의 시나리오가 되고
명시의 시어와 연극의 시나리오는 〈날아가서〉
신명과 감동을 안겨줄 트로트와 클래식 음악으로 탄생되고
트로트와 클래식 음악은 〈날아가서〉

가정 성화(聖化)와 소확행(小確幸)을 위한 할아버지 사랑 이야기

뮤지컬과 오페라를 탄생시켜 지친 현대인들에게 위로와 참 행복을 안겨줍니다.

뮤지컬과 오페라는 〈날아가서〉
우주와 천주께 아뢰오면 성자의 수난과 십자가로 부활의 영 광에 이르도록 저희에게 〈날아오셔〉
저희는 당신의 사랑과 은총으로 힘을 얻어 인생의 최후의 보루인 공동선(公同善)과 사랑이 완성에 이르도록 성심한 삶을 살아갈 것입니다.

이렇듯 문화와 예술을 장식하는 뮤지컬 배우들과 무희들의 예 술혼 역시 불후의 명작을 위한 도전이 계속되고 있으며 우주와 삼라만상의 아름다운 순환 질서에 따라 진화하고 발전하듯 무희 와 배우들도 비상을 꿈꾸듯 관객을 향한 현란한 가무와 춤사위 로 섬세한 호연을 선보임으로 감동은 배가되어 어려운 시대를 살아가는 세인들의 행복을 위한 도전이 계속되고 있습니다.

한국이 낳은 세계적인 무희 강수진의 감동 어린 춤사위가 전하는 울림의 메시지를 살펴보면 그의 일그러진 발을 보고 부군은 피카소 그림을 닮아 간다고 하였으며 그를 아끼고 사랑하는 지인들과 팬들 은 "발은 안녕하시냐"고 관심 어린 애정과 성원으로 안부를 묻는다 고 합니다. 고통과 인고의 일상에서 자기와의 싸움과 자기 성찰로 일관해 온 발레리나 강수진을 "살아 있는 전설"이라고 지인들과 팬들이 입을 모아 극찬하며 그와 소통의 기쁨을 함께 한다고 합니다.

그렇습니다. 한 걸음 한 걸음(step by step) 모든 인생이 그러하듯 발레니나 강수진 역시 거듭되는 인고와 자기 성찰의 여정에서 작품을 고를 때마다 내가 연출하는 작품들을 통해서 어떻게 하면 세인들의 아픔을 조금이라도 줄여 드릴 수 있을까 고민하게 된다고 합니다. 때론 한가로운 일상의 시간이 주어지면 토슈즈를 깁는 바느질꾼으로 소박한 휴머니스트가 되어 아름다운 팬심의 나래에서 상상의 주인공이 되어 동반자의 기쁨을 함께 한다고 합니다.

너나없는 세상살이에서 그의 고행의 작품들이 무대에 올려질 때마다 힘들고 외로운 세인들에게 좋은 세상을 살아갈 수 있도록 어깨를 내어주고 삶의 의지를 불태우는 무희 강수진은 더불어 행복할 것입니다.

그의 행복관 역시 "온갖 덕(德)은 곧 지혜의 노고의 산물입니다." (지혜 8.7) 성서 말씀처럼 완성도 높은 작품들을 위해 전심진력 몰입할 때 찾아오는 행복이기 때문에 참! 행복이라고 했습니다.

여기 같은 예술장르의 세계적인 뮤지컬 배우 최정원 역시 자신이 추구하는 완성도 높은 뮤지컬 작품을 위해 이렇게 할 수 밖에 없음을 역설하고 있습니다.

"사랑하는 애인보다 뮤지컬을 더 좋아하고 사랑해야 성공할 수 있다"고 하며 자기와의 싸움에서 이겨야 하는 예술혼이 살아 숨

가정 성화(聖化)와 소확행(小確幸)을 위한 할아버지 사랑 이야기

쉬는 "즐거운 고행의 뮤지컬 배우"라고 말해 주고 있습니다.

〈마틸다(Matilda)〉 공연에 매진하던 8월 삼복더위 중 무서운 소나비와 벼락 맞은 고목이 음식점 창문을 덮쳐 유리 파편으로 발목 부위 출혈이 심해진 상태에서 음식점 주인장께서… "많이 놀라셨지요? 참 다행입니다. 신속히 병원으로 모시겠습니다."라며 도와줬습니다. 위기의 순간에 극진한 사과와 진정한 위로에 안도할 수 있는 여유를 찾고 살아 있음에 감사할 수 있어 천만다행은 물론 벼락 맞은 이후 좋은 일을 상상하는 나의 엉뚱한 역발상에 놀랍기도 했던 순간이었습니다.

어디 그뿐인가요. 2007년 〈맘마미아〉에 합류하여 공연을 시작한 지 얼마 안 돼 쓸개관에 담석이 3개 생겼다는 청천벽력 같은 판정으로 노래를 할 수 없다는 의사선생님의 진단 결정에 배역을 맡자마자 그만둘 수 없어 통원치료로 대체하여 공연을 마친 후 검사결과 기적처럼 담석이 모두 사라졌습니다.

"공연 중 〈댄싱퀸의 신나게 춤춰 봐 인생은 멋진 거야〉라는 노래를 부를 때 배에서 꼬르륵 꼬르륵 소리가 난 적이 있었는데 그때 담석이 사라졌나 봐요!" 호탕하게 웃으며 "댄싱퀸은 가장 춤을 잘 추는 사람이 아니라 노래 말처럼 신나게 춤추고 멋진 인생을 즐기는 사람"이라며 그 딸에게 유언 삼아 내 묘비명으로 "댄싱퀸은 나의 인생곡"이라고 묘비명에 새길 것을 약속하였다고 합니다.

데뷔 34년차 1,030회 공연달성 특별 공연으로 뮤지컬 맘마미아 전 세계의 171명의 도나(Donna) 역할 배우들 중 최고의 도나로 선정되어 아바(ABBA)의 스웨덴 공연 콘서트에 초청되어 영광을 경험한 대한민국을 대표하는 영원한 디바로 현재까지 전 세계에서 가장 높은 티켓 파워를 자랑하고 있으며 타의 추종을 불허하는 영예로운 뮤지컬 배우 최정원입니다.

또한 소박한 소신과 철학으로 일상의 건재함을 유지하고자 체력 관리도 철저한 프로페셔널 배우로서 그의 각오와 소신을 살펴보면 생기발랄한 모습으로 옷맵시가 받쳐 준다 싶으면 내숭과 얌전 떨지 않고 아낌없는 발성과 몸짓으로 노래하고 춤추는 뮤지션의 소임을 관철해야 만이 진정한 기쁨과 행복을 팬심과 공유할 수 있다고 각오를 필역하고 있습니다.

더 큰 바람이 있다면 지금까지는 음악과 춤을 향한 거대한 열정으로 가득 채워져 함께 해 왔으나 지금부터는 죽는 날까지 많은 사람들에게 온갖 슬픔, 고통, 두려움에서 승리에 이르도록 신명난 음악과 춤으로 기쁨의 영감을 안겨주는 뮤지컬 배우로서 최선을 다할 것이라고 다짐합니다.

최근 유명 가수들을 특별 게스트 겸 아티스트로 초대하여 많은 가수들이 선배 가수의 명곡을 편곡 재해석하여 자기들의 독창적인 발성으로 노래를 불러 경선에 참여하는 KBS 2 TV 프로그램 〈불후

가정 성화(聖化)와 소확행(小確幸)을 위한 할아버지 사랑 이야기

의 명곡〉의 공연 중 뮤지션 최정원과 정선아의 출연 시청 소감을 공유하고자 합니다.

2024년 새해맞이 2월 17일 토요일 밤 〈불후의 명곡〉 아티스트 조영남 가수의 명곡 퍼레이드 1부는 설 명절에 가족과 함께 시청하였으며 2부에서 완성도 높은 후배 가수들의 열창으로 큰 감동을 안겨 줍니다.

섬세한 감성의 발라드 정동하의 〈그대 그리고 나〉를 시작으로 밴드 사운드 몽니의 〈삐뚤 삐뚤〉, 라포엠의 〈딜라일라〉, 보컬리스트 김기태의 〈내 생애에 단 한 번만〉에 이어 화려한 퍼포먼스와 열창을 보여 준 뮤지컬의 최정원과 정선아의 〈돌고 도는 물레방아 인생〉 화려한 무대에서 "여러분 행복하고 건강하고 싶으시죠? 일어나 저희와 함께 흔들어 주세요." 만장한 관객들과 시청자가 함께 무대 위의 현란한 춤사위와 열창의 감동으로 환호하여 화답합니다.

사노라며 느끼는 희로애락 그중에서 즐거운 일상을 위해 세인들은 일소일소 일로일로(一笑一少　一怒一老)를 지향하듯 무희들이 보여 주는 노래와 춤사위의 감동과 신명으로 시너지와 엔돌핀을 얻게 되어 일상의 건강은 물론 행복에 이르는 역동성을 만끽할 수 있게 됩니다.

그렇습니다. 한 치 앞을 모르는 것이 인생인 것을 깨닫지 못하면 참, 행복의 의미를 혼돈하게 됩니다. 우리가 행복해서 웃는 것이 아니고 웃으니까 행복해지듯 어려움 속에서도 웃음을 잃지 않고 고난을 극복하도록 "즐거운 고행의 뮤지컬 배우들의 예술혼이" 세인들이 행복하도록 희망을 안겨 주고 있습니다.

게스트 조영남 형님은(후배 가수들이 선배님 또는 선생님으로 호칭하니 그렇게 부르지 말고 형님이라고 하라고 함) 기특함과 신통방통을 넘어 화려하고 발랄함의 정점에서 격세지감(隔世之感)을 절감한 듯 환호하며, "방청객 여러분은 비싼 비행기삯 지불하지 않고 미국 라스베이거스의 화려한 공연을 관람하신 겁니다."라고 하였다.
"참으로 훌륭한 뮤지션들입니다." 조영남 형님은 휴머니티 한 애드립으로 칭찬과 감동의 박수갈채를 아끼지 않습니다.

또한, 지난날 선배가수 고운봉과 황금심의 장례식 날 고운봉의 〈선창〉과 황금심의 〈알뜰한 당신〉을 조가(弔歌)로 불러 장례를 치렀듯이, 이날 마지막 무대에서 조영남 형님은 "제가 죽으면 조가로 〈화개장터 구경 한번 와 보세요〉를 불러서는 안 되겠잖아요?" 하여 〈모란 동백〉을 조가로 불러 달라고 유언 삼아 당부하며 모란 동백을 답가(答歌)로 불러 관객과 시청자들은 환호와 박수로 화답하였습니다.

여기 두 여걸 발레리나 강수진과 뮤지컬 배우 최정원과 많은 대중가수들을 사랑하고 아끼는 팬들 역시 명작의 감동을 오래도록 함께할 수 있도록 박수갈채와 성원을 아끼지 않을 것입니다.

가정 성화(聖化)와 소확행(小確幸)을 위한 할아버지 사랑 이야기

2) "사물놀이" 풍악을 울려라!

　사물놀이와 농악은 농경문화의 기반으로 성장, 발전해 오고 있으며 특히 풍물놀이는 농촌의 역사와 전통을 간직한 당산제와 정월대보름 "농자천하지대본(農者天下之大本)" 깃발 아래 펼쳐지는 풍년제와 도시 전통시장 번영을 위한 지신밟기 등 도시와 농촌의 놀이마당 축제로 시행해 오고 있으며 국태민안과 전 국민의 신명을 불러오는 국악과 사물놀이로 전통과 그 맥을 이어 왔습니다.

　조선 후기엔 유랑예인 집단인 남사당의 사물놀이 전승에 이르렀습니다.

　사물놀이 네 악기 고유의 소리를 들어보면 꽹과리의 천둥소리/징은 바람소리/장구는 비소리/북은 구름에 빗댄 소리로 네 가지의 타악의 울림소리로 폭풍에 비유될 만큼 신명과 감동으로 다가오고 있으며 농촌의 풍년제 공연이 펼쳐지면 신명과 추임새를 곁들여 다음과 같은 메김 소리로 축원을 빌어 줍니다.

　하늘보고 별을 보고 땅을 보고 농사짓고

간주음 (덩덩 궁따 궁 궁따궁따 궁따 궁)

올해도 풍년이요 내년에도 대풍일세
(덩덩 궁따 궁 궁따궁따 궁따 궁)

달아달아 밝은 달아 대낮같이 밝은 달아
(중략)
어둠속에 불빛이 우리네를 비춰주네
(덩덩 궁따 궁 궁따궁따 궁따 궁)

이렇게 메김 소리를 불러주면 만장한 마을 주민들은 신명과 흥에
겨워 "월쑤 좋다마다 우리 세상이로다" 덩실덩실 어깨춤을 추며 한
마당 신바람으로 결집하여 온갖 시름 잊게 하고 기쁨과 즐거움으로
참 행복을 안겨줍니다.

원래 불가에서 예불에 사용해온 사물패로써 목어(木魚), 범종(梵
鐘), 법고(法鼓), 운판(雲版)을 이르며 조석 예불에서 사물을 울려
중생을 비롯한 미물에 이르기까지 이 소리를 청하여 각성의 기회를
제공하는 성불제사로 시행해 왔습니다.

1978년 2월 22일 서울 창덕궁 옆 소극장 공간 사랑에서 제1회
전통음악의 밤이 열렸는데 김덕수 사물놀이 패가 이때 창단되었다.
그 후 판소리 명창과 난타의 협연으로 미국 카네기 홀 공연에서 만장

한 관객의 기립박수를 받으며 국제무대에 등장하는 영광을 갖게 되었으며 빌보드 핫 100에 이름을 올린 K-pop 아이돌 그룹의 원더걸스, 소녀시대의 등장과 싸이의 〈강남스타일〉의 떼창 음악과 율동의 선풍과 함께 새로운 주자 방탄소년단(BTS), 블랙핑크, 트와이스와 최근 걸그룹 피프티 피프티의 국제무대 빌보드 차트 100 등장으로 국위선양은 물론 세계인들을 감동시켜 주목받기 시작했습니다.

세계는 지금 문화 예술의 진화·발전으로 세계평화에 근간이 되고 있으며 특히 판소리와 사물놀이는 단순한 전통음악이 아니라, 공연예술의 다양한 장르로 자리매김하였으며 K팝 열풍이 겹치면서 젊은 층에게 새롭고 세련된 창작 국악으로 진화하여 TV예능프로 관객의 저변을 넓혀 가고 있으며 현대인들의 예술적 감성에 맞도록 음악성을 발휘하여 행복하게 살아가도록 큰 영향을 미치고 있습니다.

여기 "천지인 사물단"을 소개하면 화곡본동성당 시니어아카데미 봉사 선생님 중 리더 꽹과리 김로사 선생님의 열심인 지도와 본인 (류정열 요셉)이 청일점 징맨으로 참가하여 영남가락과 칠채가락을 혼합한 장단으로 수개월 수련을 쌓은 후 공연 초대를 받을 수 있는 아마추어 사물패가 탄생되었습니다.

먼저 화곡본동성당의 운동회와 야외연합 피정행사 그리스도 탄생과 부활축제의 한마당 공연으로 교우들의 열렬한 환호를 받게 되었습니다.

첫 출장 공연으로 제주 재경 향우회 '송년의 밤' 무대에 김세환 가수의(인터콘티넨탈 호텔 특설무대 1,000석) 공연으로 환호와 박수갈채의 감동 어린 기회를 갖게 되었으며 이어서 제주재경 향우회 체육대회(잠실 체육공원) 개막식 공연/전북 진인군 동향면 재경 향우회 송년회 밤(용산역 군인의 집) 축하공연/진안군 재경 향우회 운동회 개막식 공연/강서구 관내 생활체육 배드민턴, 족구클럽 자축대회 축하공연/2014년 10월 본인 칠순과 《노후(老後) 그래서 더 아름답다》2차 출판기념 축하공연/한베(한국 베트남) 문화교류협회 주관한 달랏 한국문화관 개관식에 초대받은 해외공연을 다녀올 만큼 성장 발전해 왔습니다.

2020년도 10월 강서구 문화 예술 경연대회(강서구민회관)에 출연하여 문화 예술 통합 대상을 수상하기도 했습니다.

이렇게 "천지인 사물단"으로 자리 매김하여 지금도 초청이 오면 2~3회 손맞춤 연습으로 출장 무대에 오를 수 있도록 대기 중 이상 없음.

감사합니다. oh! thank you so much!

가정 성화(聖化)와 소확행(小確幸)을 위한 할아버지 사랑 이야기

3) 수릿과에 속하는 맹금류 중에서
"독수리와 솔개가 전하는 메시지"

    수릿과에 속하는 맹금류 중에서 몸집의 크기와 사납기로 순위를 정하면 독수리가 큰형이고 둘째가 솔개 막내가 매입니다.
    먼저 독수리가 전하는 메시지를 보겠습니다.

동방의 독수리가 이스라엘을 향해 날개를 펴라

내가 하느님이다.
나와 같은 자 또 어디 있느냐?
무엇이든지 내 뜻대로 된다.
나는 결심한 것은 이루고야 만다.
나는 해 돋는 곳에서 독수리를 불러오며
먼 곳에서 내 뜻을 이룰 사나이를 불러온다.
계획을 세운 것은 그대로 하고 만다.
마음이 꺾여 승리를 생각할 수 없는 자들아.
내 말을 들어라. 나는 곧 승리한다.
나, 시온에 구원을 베풀고

이스라엘에게 나의 영광을 입혀 주리라.

(이사야 45.10~11)

내가 동방에서 독수리를 부르며 먼 나라에서 나의 모략을 이룰 사람을 부를 것입니다. 동방의 독수리인 우리 민족이 이스라엘의 회복을 위해 복음을 전하며 강림하실 주님을 맞이하게 될 것입니다.

이렇게 구약 성서에서 동방의 별 우리나라, 우리 민족을 찾고 독수리를 불러 승리의 노래를 부르며 주님 강림의 영광의 자리에 초대하고 있습니다.

알렐루야! 알렐루야!

다음 솔개는 자신의 독특한 칼라를 가지고 세상을 향해 변화와 혁신의 메시지를 보내고 있습니다. 또 가수 이태원의 노랫말처럼 "우리는 말 안 하고 살 수 없나. 나는 솔개처럼"이 생각이 납니다.

80년을 산다는 솔개는
반평생 40년을 살고 나면
높은 바위에 올라 둥지를 틀고
반년에 걸쳐 고행을 행한답니다.

부리가 닳아 없어질 때까지 스스로 부리를 바위에 쪼아대고
새로 난 부리로 무딘 발톱을 뽑아내며 무거워진 깃털마저

가정 성화(聖化)와 소확행(小確幸)을 위한 할아버지 사랑 이야기

뽑아 버린 후 새로운 발톱과 깃털로 새롭게 40년을 산다고
합니다.

우리도 지금 이 순간
낡은 생각과 구태한 타성과 관습을 버리고 마음을 비워 솔
개처럼 환골탈태하여 노년을 재설계해야겠습니다.
도래한 백수 장수시대를 위하여!

CHAPTER 8

사랑하는
가족 이야기

저자(著者)의 고택(古宅) 도심 속 정원

화창한 봄날 철쭉 연산홍 꽃잔듸 향연!

1) 가족을 위한 연중 가정기도문

우리 고유의 명절(설날, 추석절)을 맞이하여 가족이 한자리에 모여 이날을 기념하며 감사와 추모의 기도를 바칩니다.

* 성호경(부모)
* 주님의 기도(설날 : 이효연 며느리/추석 : 송선정 며느리)

하늘에 계신 우리 아버지
아버지의 이름이 거룩히 빛나시고
아버지의 나라가 오시며
아버지의 뜻이 하늘에서와 같이
땅에서도 이루어지소서!

오늘 저희에게 일용할 양식을 주시고
저희에게 잘못한 이를 저희가 용서하오니
저희를 용서하시고
저희를 유혹에 빠지지 않게 하시고

악에서 구하소서.

아멘.

* 세상을 떠난 부모님(조부모)을 위한 기도
  (기도 : 부모, 장남 유지명)

인자하신 하느님

하느님께서는 부모를 사랑하고 공경하며

그 은덕에 감사하라 하셨나이다.

이미 세상을 떠난 저희 (조)부모님을 위하여 기도하오니

세상에서 주님을 섬기고 주님의 뜻을 따라

저희들을 이렇게 성장시켜 주셨나이다.

이제 (조)부모님들께 자비를 베푸시어

영원한 천상 가정에서 행복을 누리게 하소서

또한 저희들은 부모님을 생각하여

언제나 서로 화목하고 사랑하여 주님의 찬사를 받기에

부족함이 없도록 주님의 뜻을 따라 살게 하소서. 아멘.

* 가족을 위한 기도(기도 : 차남 유지광)

사랑이 지극하신 하느님 아버지.

가족이라는 든든한 울타리를 주셨으니 감사드립니다.

우리 가족 한 사람 한 사람은

당신께서 허락하신 사랑의 선물입니다.

또한 저에게는 힘이요 지탱이며 위로이자 자랑입니다.

당신은 가족을 통하여

사랑이 무엇인지

또 사랑이 어떻게 완성 되는지를 가르쳐 주시어

더 큰 사랑의 길로 인도하십니다.

하오니 주님, 저희 가족 한 사람 한 사람이

서로 아끼며 우애를 돈독히 키워 살게 하시며

또한, 저희 자녀들이 자신들의 존엄성을 깨닫고

진리와 사랑으로 성숙하여

세상의 부패와 유혹을 물리치고

주님의 뜻을 이루는 큰 일꾼으로

가정과 사회에 이바지하게 하소서

우리 주 그리스도를 통하여 비나이다.

아멘.

* 식사 전 기도(기도 : 진행자 부모)

주님 은혜로이 내려주신 이 음식과

저희에게 강복하소서.

우리 주 그리스도를 통하여 비나이다.

아멘.

* 식사 후 기도(기도 : 진행자 부모)

+ 전능하신 하느님 지금까지 베풀어 주신 모든 은혜에 감
사드립니다.

○ 아멘.

+ 주의 이름은 찬미를 받으소서.

○ 이제로부터 영원히 받으소서.

+ 세상을 떠난 모든 이가 하느님의 자비로 평화의 안식을
얻게 하소서.

○ 아멘.

2) 손자 류하민 편

가정 성화(聖化)와 소확행(小確幸)을 위한 할아버지 사랑 이야기

무한한 상상의 세계와 자유로움

(1) 손자 류하민 첫 돌맞이 "생일 축하 노래"

〈happy birthday to you〉

생일 축하합니다.

생일 축하합니다.

사랑하는 류하민

가정 성화(聖化)와 소확행(小確幸)을 위한 할아버지 사랑 이야기

생일 축하합니다.

〈당신은 사랑받기 위해 태어난 사람〉

하민인 사랑받기 위해 태어난 사람
하민의 삶 속에서 그 사랑받고 있지요
하민인 사랑받기 위해 태어난 사람
하민의 삶 속에서 그 사랑받고 있지요

(후렴)

당신은 사랑받기 위해 태어난 사람
지금도 그 사랑받고 있지요
당신은 사랑받기 위해 태어난 사람
지금도 그 사랑받고 있지요

(2) 류하민 할아버지 집 방문(엄마 아빠 여름휴가 겸한 방문)

우리 하민이. 오랜만에 할아버지 집에서 훌륭한 체험학습 많이
했어요.
잔디마당 밟기 파란 나뭇잎 손으로 촉감하기, 옥수수, 멸치볶음,
닭고기 살, 진안마이산 막걸리 티스푼으로 떠먹기.
또, 할머니가 풋고추 고추장에 찍어 먹는걸 보고 지도 먹으려다

따끔한 매운맛에 눈물 찔끔.

그래. 어른들이 둘러앉아 맛있게 먹으면 우리 하민이도 식감을
느껴 먹고 싶어지는 동심의 호기심 유발.
성장기에 자극적인 음식 주의해야 하지만 다정한 가족들의 식탁
분위기 함께하고 싶어지는 충동 역시 동심의 자연스런 애정 표현과
인지 능력을 읽혀 가는 과정일 테니 아동심리를 이해하고 인정하며
잘 가르쳐야겠어요.

실내에 오래 머물면 밖으로 나가고 싶어지는 동심.
아빠와 함께라면 기꺼이 손잡고 외출을 서두르는 하민이.
엄마, 아빠, 할머니가 함께한 화곡시장 나들이.
화곡 슈퍼에서 포장된 두부 냉큼 챙기는 날쌘 하민이.
평소에 엄마 따라 시장 마트에서 경험한 재빠른 쇼핑선수.
그 대견한 모습을 보이며 마냥 좋아라 합니다.

대형 버스 소방차가 오가는 큰 길가.
티비 교육방송 꼬마버스 타요에서만 보던 그 버스가 울긋불긋 각
가지 색깔로 씽씽 달려가니 신명을 공감하듯 손짓 발짓 소리소리
우리 하민이.
그래, 그래. 서울로 이사 오면 엄마 아빠와 함께 지하철도 타 보
고 버스도 타 보며 할아버지 집에도 자주 와서 잔디 마당에서 공도
차고 배드민턴도 치자. 우리 하민아!

　　　가정 성화(聖化)와 소확행(小確幸)을 위한 할아버지 사랑 이야기

(3) 서울로 이사 온 후 할머니와 할아버지 첫 방문

손자 류하민이가 오산에서 서울로 이사 온 후 할머니와 할아버지가 첫 가정방문차 앞마당 단감과 모과를 챙겨 방문 재회합니다.

"하민아, 할아버지와 할머니 왔다!"

내복 차림으로 하민이가 뚫어지라 쳐다보며 "안녕하세요~" 배꼽 인사로 반가워합니다.

잠시 낯설어 하더니만 이내 친숙한 모습으로 응접실에 꾸며놓은 놀이터의 장난감과 미니카들로 신명나게 놀이판을 펼칩니다. 미끄럼틀에 올라 자랑삼아 미끌어지고 이 방 저 방 뛰어다니며 놀기 시작합니다.

우리 하민이. 씩씩하고 용감하게 잘 노는구나!

많이 많이 컸다. 우리 하민이.

이리저리 뛰놀며 평소 놀았던 대로 아빠와 구르고 넘어지며 침대 위에서 스카이 콩콩 뜀박질로 할머니와 할아버지에게 자랑 삼아 신명이 절로 납니다!

할머니가 출입문 앞에 놓인 화분에 물컵으로 물을 주니 따라다니며 유심히 살피려 듭니다. 지애비가 일러주기를 화분에 물 줄 때 화장실에 옮겨 조루로 물을 줬는데 할머닌 물컵으로 물을 주니 이상했던가 봅니다.

어른들의 언행 하나하나가 예사롭지 않을 수도 있으니 하민이 엄마와 아빠 우리 모두는 유념하여 좀 더 긍정적이고 참신하게 재미있고 예쁘게 보여지도록 유념하여 행동해야겠습니다.

하민이 엄마가 이르기를 지난 주말에 오빠가 동창 친구들과 등산을 다녀왔을 때 일상 퇴근하여 귀가 할 때와는 다른 상황을 알아채고 "아빠, 왜 나를 떼어놓고 하루 종일 집나갔다 이제 와?"라는 듯이 그만 주저앉아 망연자실하였던 응석부림.

그 실황을 엄마의 재방송 슬로비디오 중계에 할머니와 할아버지가 이르기를 "하민아 많이 섭섭했었구나. 그러니 빨리 빨리 자라서 엄마 아빠 손 잡고 산에도 가고 놀이동산에도 가야지."

쓰다듬어 안아주며 따스한 위로 멘트로 엄마의 슬로비디오 재방송 시청을 마감합니다.

(4) 설 명절을 할아버지 집에서(2016년 2월 7~8일 설 명절)

1.7년의 손녀 서원이와 2.5년의 손자 하민이가 엄마 아빠와 함께 설 명절을 보내기 위해 장난감을 쌓아들고 할아버지 집을 방문하여 놀이판이 벌어집니다.

먼저 도착한 하민이가 오랜만의 방문인데도 할아버지 손을 이끌며 2층으로 올라가자고 합니다. 계단 벽에 예쁘게 비치된 엄마 아빠 결혼기념 사진들을 가리키며 저기 엄마 아빠 알아보며 2층 볼일에 열중하는데 다름 아닌 전차 레일 박스를 찾기 위함인데 침대방 한쪽에 있는 상자를 가리키며 할아버지가 들고 아래층으로 내려가자고 합니다. 그리곤 지가 앞장서서 계단이 위험한데 난간에 의지하여 잘도 내려가는 게 아닌가요. 레일을 조립해 달라는 대로 조립을 마치니 좋아라 하며 칙칙 폭폭 빵~ 연결시킨 전차놀이가 시작되나 싶더니만 이내 싫증 내며 공차기 컴퓨터의 주니어 프로그램을 틀라 졸라댑니다. 즐겨 봐 온 뽀로로와 키즈톡톡 디즈니 채널 영상을 찾아 시청각 삼매경에 빠져듭니다.

이러는 중에 서원이가 도착하여 작은아버지 어머니께 또 하민인 큰아버지 큰어머니께 어른들이 시키는 대로 배꼽인사가 끝나자마자 미니카와 전차놀이, TV 주니어프로 찾아보기, 스마트폰 이것저것 터치하며 찍어 보기, 이 방 저 방 주방까지 뜀박질하며 어린이 집 놀이마당을 방불케 합니다. 엄마와 아빠들 그리고 할머니와 할아버지까지 합세하였으니 이렇게 좋을 수가 없다 싶은 동심의 기쁨과 즐거움의 한마당.

하민이가 평소에 집에서 놀았던 대로 아빠가 소파 시트로 얼굴을 가리고 놀자 하니 신바람 나서 기쁘기도 하고 아찔하게 무섭기도 한 스릴만점의 상황으로 어쩔 줄 몰라 하며 "할아버지, 우리 좀 살려주세요." 하듯 안겨오는 두 아이들 참! 좋은가 봅니다.
아빠가 아이들이 힘들어할까 봐 휴식을 갖고자 하면 계속하자고 안달하며 매달리는 두 아이들 좀 쉬었다 놀자며 과일과 음료 간식을 대령하니 먹는 둥 마는 둥 한동안 팍 세게 놀던 하민이가 오침 시간이 돌아왔다며 집에 가자고 신발을 신는 게 아닌가요?

이 모습을 본 서원이가 그만 울기 시작하며 오빠에게 가지 말라고 사정합니다. 서원이 엄마가 이를 알아채고 "서원아. 하민이 오빠 감기 기운이 있어 집에 가서 쉬었다가 다시 올 거야." 달래주니 "또, 올 거지? 하민이 오빠." 하민이 엄마가 "이쁜 서원이. 오빠 집에 갔다 꼭 올 거야. 울지 마." 이를 알아듣고 울음을 멈추며 "오빠 빠이 빠이." 손을 흔들면서도 울상이 가시지 않습니다.

말 못 하는 동심일수록 상황과 경위를 설명하여 이해를 구하면 이를 알아채고 스스로 수습하는 동심의 지혜로움. '암 그래야지.' 이를 지켜본 할아버지 왈 "너희 형제와 동서 간 우애를 지켜 사이좋게 잘 살아야겠다. 이 아이들의 장래를 위해서 안 그러냐?"

1.7세의 서원이가 엄마의 스마트폰으로 사진촬영 메뉴를 찾아 손끝 하나 흔들림 없이 찰칵 촬영하여 엄마에게 자랑삼아 보여 주는 영특함 참으로 놀랍습니다. "그래, 그래. 과학 기술의 이기 잘 활용해야 하는 너의 청소년 시기를 잘 맞이해야지?"

또 하민인 실내에 옮겨놓은 군자난과 상록의 나뭇잎을 손끝으로 느껴 보는 동심의 감성, 봄부터 가을까지 울창한 수목과 화초 잔디가 푸르른 할아버지 집 마당의 초록의 향연을 느끼는 동심의 정서와 세계는 얼마나 아름다울까요?

자연의 신비가 베풀어 주는 아름다운 세상에서 건강하고 총명하게 자라서 이 사회에 기여할 큰 재목이 되고 너희를 양육하는 엄마 아빠는 희망과 기쁨이 되어 행복하게 살라는 할머니 할아버지의 바람입니다.

할아버지의 바람

이 아이들은 어른들의 스승이라 했다.
하민아
서원아
무럭무럭 자라서
이보다 더 예쁘고 다정하게
서로 서로
아끼고 사랑하여라.

이렇게 예쁜 모습
또, 씩씩하고 건강한 모습
할머니와 할아버지에게
많이 많이 보여 주어야 한다.
너희들 성장 과정을 노심초사 지켜볼
부모들 슬하의 가정은
꽃자리 성가정이 될 것이다.

(5) 하민이를 봐준 게 아니라 할아버지를 위해 놀아준 하민이

8월 중순 무척 무더웠던 날 하민이 엄마가 갑작스런 신병으로 병원 진료차 할아버지가 하민이를 봐줘야 하는 반나절 도우미로 차출되어 즐거운 마음으로 출장길에 오릅니다. 안내에 따라 지하 주차 후 인터폰을 클릭하니 지하 출입문이 열리고 엘리베이터 입구에서 '딩동' 하니 선정 며느리가 반겨 주며 내복 바람의 하민이가 할아버지를 반겨 줍니다. 간단한 주의사항을 전달하고 하민이를 타이른 후 퇴실을 서두릅니다.

낯설지 않은 할아버지에게 장난감 놀이를 자랑하듯 이 방 저 방 하민이의 손에 이끌려 장난감 놀이가 시작되었습니다. 큰방 침대 위에 올라 뜀박질하더니만 침대 위에 설치된 칸막이 부스에 들라 한 후 할아버지를 눕히고 다독이며 잠들라고 하지 않는가요. 이어서 작은방으로 옮긴 후 병원놀이 가방을 챙겨 청진기로 할아버지의 배와 가슴을 진찰하고 주사기로 허벅지를 쿡 누르기에 '아~ 야야~' 아파 하니 재미있다고 좋아라 하며 화사한 웃음으로 "할아버지 참 잘 노네요."란 표정으로 반가워합니다.

노느라 힘들어할까 봐 냉장고의 보리차를 한 컵 따라 주니 시원스레 마신 후 마루 TV대에 물컵을 올려놓은 후 목을 축여 가며 놀이 자랑을 계속합니다.

얼마 후 쉬 하겠다며 기저귀를 내린 후 간이 좌변기에서 소변을 보게 한 후 통째로 이동하려 하니 변기 하단의 소변 받이를 분리시키라고 일러 줍니다.

 '우리 하민이 참 똑똑하구나.' 할아버지가 모르는 것을 이렇게 알려 줍니다. 얼마 후 초인종이 울린 방문자는 다름 아닌 소독약을 뿌리려고 아파트 관리인이 싱크대 배수구와 화장실을 소독한 후 확인 서명 후 퇴실하려 하니 하민인 궁금하여 "할비, 뭐야?" "어. 나쁜 병균 죽이려고 소독약을 뿌려 주신 거야."

 이어서 싱크대에 담겨진 식기류를 세척하니 평소 엄마 곁에서 했던 대로 받침대를 이동하여 올라서서 궁금해하길래 "아까 그분이 소독약을 뿌렸기 때문에 그릇을 깨끗이 닦아 놓는 거야." 고개를 끄덕이며 잘 알았다는 듯이 수긍을 합니다.
 이렇게 약 2.5시간여 경과했을 무렵 지광이한테 전화가 왔습니다.

 "아빠, 힘들죠?"
 "아냐 나는 즐겁고 하민이가 힘들어. 할비와 놀아 줘야 하니까."
 "아! 그래요?"

 이어서 선정 며느리에게 전화하여 하민이와 잘 놀고 있으니 걱정하지 말고 진료 잘 받고 오도록 안심 전화로 경과 보고하니 "네. 아버님 수고하셨어요 곧 도착할게요."라고 합니다.

이렇게 3시간여 할아버지가 하민이를 봐준 게 아니라 하민이가 할아버지를 데리고 놀아주느라 힘들었어요.

우리 하민이 다 컸어요.

네. 종종 이런 부탁 환영합니다.

선정 며느님, 몸 조리 잘하세요.

평화로운 일상을 위해 건강해야 해요.

(6) 네 살배기 류하민 군 생일 축하연

8월 30일이 생일인데 주말 토요일 27일로 앞당겨 축하연을 준비한 하민이네 가족, 할아버지와 할머니 또 서원이네 가족이 모였습니다.

하민이 엄마와 아빠는 축하연을 준비하고 할머니는 축하떡(백설기), 큰아빠, 큰엄마는 변형 블록 놀잇감을 주문, 구입하여 지참하였습니다. 식탁엔 케이크와 샴페인, 떡, 선물, 장난감이 올려지고 가게 직원이 생일 축하송을 불러주고 가족들은 합창으로 "생일 축하합니다. 생일 축하합니다. 사랑하는 하민이 생일 축하합니다." 박수갈채를 보내니 오늘의 주인공 하민인 좀 쑥스럽다는 듯이 "아니, 오늘 왜들 이러지?" 반신반의한 표정입니다.

'그래, 그래. 건강하고 씩씩하게 자라서 이 사회에 큰 일꾼이 되

가정 성화(聖化)와 소확행(小確幸)을 위한 할아버지 사랑 이야기

어라.'는 바람으로 가족들은 잘 준비한 음식으로 이날의 축하연을 맞이합니다.

식후 하민이의 손에 이끌려 테라스 정원으로 나와 시원한 바람을 쐬며 잘 가꾸어진 정원의 숲과 화초들 사이로 나비들의 춤사위를 따라가며 동심의 날개를 활짝 펴 보이듯 신바람을 부리며 넘 좋아라 하는구나!

이 할아버지 나비의 동요가 떠올라 "그래, 그래. 우리 하민이 무럭무럭 자라서 꿈 많고 사랑도 많은 청소년 그때가 되면 나비의 동요에서 락앤롤(Rock n, Roll) 장르인 〈나비의 꿈〉 노래를 부르겠지?"

이렇듯 온가족의 축하를 받으며 하민이 네 살배기 생일 축하연이 끝나고 화곡동 할아버지 집으로 돌아옵니다.

엄마가 미리 준비한 헬륨가스 풍선 다발이 우릴 기다리고 또 할아버지가 준비한 반짝반짝 빛나는 즉흥 무대에서 깜작 마술쇼 그 막이 열립니다.

요술 주머니에서 계속 나오는 놀잇감들과 긴 리본과 예쁜 꽃송이. 빈 상자에서 나오는 신기한 종이상자들. 눈 깜짝할 사이에 나타난 빨간 장미꽃.

하민이보다 서원이가 더 즐겁고 신비하다는 듯 소품들을 가지려고 욕심을 부리는 동심.

이럴 때 그 엄마들은 애들이 좀 더 커야 양보하고 나누려 할 거예요.

할머니와 할아버지는 "동심에서 우러나는 자연스런 환심과 욕심인 거야."라고 합니다. 명료한 것은 "어린이는 어른보다 한 시대 더 새로운 사람입니다."(영원한 아버지 소파 방정환 말씀 중에서)

(7) 할아버지 72회 생신 축하 저녁식사 날, '큰엄마, 큰아빠, 왜 안 왔어요?'

시월 보름날(양력) 할아버지 72회 생일을 맞이하여 하민이네와 함께 저녁 식사를 하기로 하여 염창동 동네 참치 회집에 먼저 도착하여 기다리기로 했습니다.

곧 하민이네가 도착하여 하민이가 신발을 벗기 위해 자리에 앉자마자 "큰엄마, 큰아빠, 왜 안 왔어요?"라고 묻지 않는가요.

"어~ 큰엄마는 회사 근무 중이고 큰아빠는 직원들과 회식하느라 못 오신 거야." 알았다는 듯이 함께할 수 없음에 아쉬워하며 수긍하는 하민군의 표정에 이때다 싶은 할아버지 왈 "어린 저 애들 위해서라도 너희들 우애 있게 잘 살아야겠다!"라고 하니 선정 며늘아기 "네. 잘 지내며 잘 살아야지요."라고 합니다.

평소에 이곳에서 서원이네와 함께 식사 나눔을 기억하여 이렇게 질문하고 궁금해하는 순박한 동심이 그냥 지나치기엔 여운이 남겨지고 아름다운 동심이 더욱 사랑스럽고 대견하게 느껴집니다. 나날이 성장해 가는 모습을 행동으로 보여 주는 하민이가 자신의 감정 표현과 알고 싶어 하는 욕구를 지켜보는 할아버지와 할머니에게는 큰 기쁨이고 희망이기도 합니다.

아울러 늘 곁에서 보살피고 양육하는 엄마 며느리의 노고에 찬사를 보내며 아빠 지광이도 가장으로 역할과 소임을 다하도록 성원을 아끼지 않을 것이며 너희 성가정을 위해 천주 하느님께 기도한답니다.

며칠 후 하민이네 가족과 서원이와 아빠가 화곡동 할머니 집에서 만났습니다. 이때 서원이 아빠에게 하민이네와 함께하였던 식사 자리의 분위기를 설명하며 "아 글쎄 하민이가 그날 큰엄마와 큰아빠 왜 안 왔냐고 묻더라. 순박한 동심의 궁금함과 아쉬움이겠지만 그냥 지나칠 수 없는 질문 같아서 다시 하민이의 기특함을 알려 주는 거야."
"네? 우리 하민이가 그랬어요?"
"서원이와 하민이 어린아이들에게 가족친화의 교육을 위해서 우애지켜 잘 살아겠다."라고 당부하니 "네. 잘 알았습니다." 반기듯 수긍해 주는 류서원 아빠 모습이 여유롭고 다정해 보여서 지켜보는 할아버지가 더 기쁘고 좋았다.

이슈가 된 우리 하민이의 궁금하고 함께하지 못함을 아쉬워했던 그 질문이 그냥 스쳐 지나칠 수 없는 새겨들어야 할 내용을 담고 있어 유의미한 동심의 질문에 해답은 형제와 동서간의 우애와 사랑의 모습으로 답해 주기를 기대합니다.

우리 하민이 덕분에 인생 공부 많이 했네요!

(8) 새로 이사 온 목동 하민이네 집

하민이가 겨우 걸어 다닐 두 살 남짓일 무렵 경기 오산에서 서울 염창동 한화아파트로 이사 온 지 5년여 만에 5호선 오목교역 주변 대림아파트로 이사 오게 되어 어려운 경제 여건에서 은행대출금 부담을 안고 하민이 초등교 학군을 위해 이곳으로 이사 결정하게 되었다고 합니다.

몇 날이 경과한 후에 집 구경도 할 겸 하민이 좋아하는 모습도 봐줘야 해서 불청객 입장을 개의치 않고 주일 미사 후 방문 약속하여 5호선 오목교역에 도착하여 지팡이와 만나 안내를 받습니다. 대림아파트는 지은 지 8년여 경과되었지만 전에 살던 분이 수리를 하여 새집 같은 아담하고 아늑한 구조의 생활공간이 마음에 들었습니다. 할머니 할아버지가 도착하자마자 내복 바람의 하민인 너무 반갑다며 집 자랑하고 싶어 할아버지 손을 끌며 안방부터 안내하며 "화장실이 두 개 있는데요. 여기 화장실에서 할아버지 손 씻고 오세요." 합니다.

"그래. 밖에서 돌아오면 손 씻어야지." 그리곤 따라오며 "할아버지가 시체 같아요." 합니다. 잘 알아듣지 못해 "하민아, 뭐라고?" "응. 해골 같다고요." 깜짝 놀라 거울을 보며 속으로 '아직 봐줄 만한데? 아직 시체는 아니지.' 하는 생각으로 순진한 7살 손자의 표현이

가정 성화(聖化)와 소확행(小確幸)을 위한 할아버지 사랑 이야기

얄궂게 들려왔지만 앞으로 고령의 자존심 살려 모습이 시체처럼 어그러지지 않도록 신경 써야겠다고 스스로 다짐하게 됩니다. 내 참!

이어서 하민의 자랑은 키보드 연주로 이어져 여러 가지 음정을 낼 수 있는 작동을 선보이며 동물들의 소리를 표현하는 자랑에 이어 엄마가 자길 남겨놓고 밖에 외출했다고 일러댑니다. 아빠와 함께 놀게 한 후 엄마들 모임에 외출했는데 "저렇게 하소연하듯 하네요." "글쎄 엄마 품안의 일상생활이다 보니 동심에 이해는 되지만 앞으로 성장하면서 어린 양이 심해져도 잘 다스려질 거고 걱정하지 않아도 될 거야." 어려움 중에 아파트 구입과 이사에 애쓴 선정 며느리에게 수고 많았다고 그 노고를 인정하여 칭찬을 해 줬습니다.

그리고 하민이 초등학교 입학 시기에 목동초등학교가 인접하여 참 편안하게 학교 다닐 수 있어 우리 하민이가 젤 좋아하겠다고 일러주니 잘 알아듣습니다. 하민이 초중고까지 교육환경이 좋은 곳이니 오랫동안 평화롭게 생활하도록 당부하며 특히 지광인 소속 회사에 중임을 완수하여 회사와 공동발전 할 수 있도록 부모들이 위해서 성원하고 축원해 줌으로 오늘 하민이네 새 집 방문을 마칩니다.

(9) 할머니 많이 아파요?

하민이가 여섯 살 때 할아버지 집 응접실 진열대에 장식한 성모상을 보고 "이게 누구예요?" 묻길래 "예수님 어머니 성모 마리아야."

또한 옆에 십자고상을 추켜들곤 "살려주세요. 살려주세요." 애절하게 아파하던 하민이가 설날 하루 전 날(2020년 1월 1일) 할머니가 입원한 이대서울병원 입원실에 아빠와 함께 문병을 왔습니다.

　걱정스런 표정으로 "할머니 많이 아파요?" 묻길래 "아니. 조금 아파. 곧 나을 거야." 안심시켜 주니 "내일 설날 한복 예쁘게 입고 할머니 할아버지께 세배할 거예요."라고 하질 않는가 "할머니가 아직은 여기 있어야 하니 나중에 할머니 집에서 세배하기로 하자." 하니 "나중에는 하민이가 바빠서 시간이 없는데요."

　"아빠가 할아버지와 의논할 일이 있어 잠시 나갔다 올 테니 나가지 말고 할머니와 함께 있어."
　"네. 알았어요."
　아빠가 돌아오니 아빠 집에 언제 가냐고 묻는다.
　"어~ 곧 갈게."

　어딜 가나 곧장 발동하는 귀가본능. 그래. 엄마 아빠가 있고 놀잇감이 구비된 집이 젤 좋은 놀이 공원이지. 이제 3월이면 초등학교 입학할 손자 우리 하민이. 건강하고 씩씩한 모습을 지켜보며 평화로운 성가정 이루어 살아가도록 천주께 기도합니다.

여섯 살 난 하민이 손자가
십자고상을 추켜들고

가정 성화(聖化)와 소확행(小確幸)을 위한 할아버지 사랑 이야기

‘살려주세요 살려주세요’

그 애절한 동심의 치근지심으로

간곡히 기도합니다.

병고에 처한 우리 할머니

하느님 사랑과 은총의 손길로

앞으로 있을 모든 진료 과정에

치유의 은총을 내려주시기를

우리 주님 그리스도 이름으로 기도드립니다.

아멘.

할머니의 병고의 4년여가 지난 후 병원 측의 권고에 따라 직계가족 만날 수 있도록 서둘러 시행케 되었다. 아직은 코로나19 전염이 진행 중으로 한 사람씩 대면으로 할머니 병실에서 손자 류하민(목동초교 4학년)과 할머니의 마지막 만남이 이렇게 이루어졌습니다.

“우리 하민이 왔구나.”

할머니가 손자 하민의 손을 잡으며

“할머니가 많이 아파서 이렇게 병원에서

치료받는 중이야~”

하민이 할머니 손을 잡은 채…

"할머니 빨리 나으세요!
하민이는 공부도 잘하고 그림도 잘 그려요.
빨리 나으셔서 잘하는 하민이 모습 보셔야 해요."
하질 않는가요?

할머니 화사하게 웃으시며 "어~ 그래
할아버지가 보여 주는 유튜브에서
우리 하민이 그림 작품 잘 봤거든.
훌륭한 화가가 될 것 같아."

"참 잘했어요!"

할머니의 화사한 얼굴로
우리 하민이 한번 안아보자 하시며
엇비슷한 몸짓과 옆얼굴로
반가움과 기쁨에 넘쳐

마주함을 마친 3일 후
2023년 11월 25일 새벽에
이 세상 소풍을 끝내고
하늘나라로 떠나셨습니다.

가정 성화(聖化)와 소확행(小確幸)을 위한 할아버지 사랑 이야기

3) 손녀 류서원 편

가정 성화(聖化)와 소확행(小確幸)을 위한 할아버지 사랑 이야기

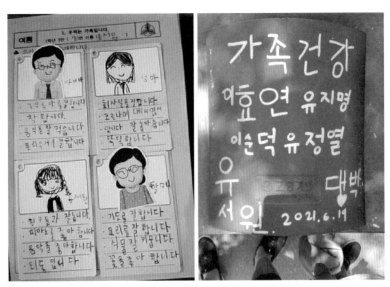

평화로운 가정에서 동심의 자유분망함

(1) 샛별이 류서원 100일 축시(祝詩)

참! 좋은 이 세상
사랑과 평화가 언제나 함께하는 이 가정에
하느님의 선물로 예쁘게 태어난 샛별이
류서원이가 이제 100일을 맞게 됐네요!

엄마 아빠의 슬하에서
사랑의 보살핌과 양육으로
예쁘고 건강하게 성장해 갈
예쁜 우리 손녀 류서원

할머니와 할아버지 그리고 고마운 외할머니와
작은아버지 작은어머니
외삼촌은 우리 서원이를 위해
천사처럼 예쁘게 성장하라고 기도할 것입니다.

손녀 샛별이 서원아
네가 이 세상에 태어남으로
엄마도 아빠도 함께 부모로 태어나고
할머니 할아버지로 태어날 수 있었단다.

그래, 그래…
자식이 부모 되게 하고
노심초사한 삶의 여정에서 부모를 성숙시켜 주며
한평생 참! 부모로 살게 해 주지.

이제 100일에 이르러 엄마 아빠 외할머니까지
알아볼 줄 아는 샛별이.
눈높이 맞추며 옹알이 하는 모습에서
기특한 사랑과 영롱함이 새겨진단다.

예쁜 샛별이 류서원 100일 축하는 물론
엄마 아빠와 외할머니께 감사드리며
건강하고 예쁘고 영롱하게 잘 성장도록

가정 성화(聖化)와 소확행(小確幸)을 위한 할아버지 사랑 이야기

천주 하느님께 기도드립니다!

아멘.

2014년 8월 29일(금요일) 할아버지 유정열 요셉 씀

(2) 무덥던 7월 토요일 주말에 할아버지 집에 온 류서원

메르스가 한창일 때 연휴 주말인데도 갈 곳이 마땅치 않아서 할아버지 집에 온 서원이와 엄마와 아빠.

"서원이 왔어요."

"그래. 어서 와."

왕창 분주해진 할머니와 할아버지. 아장아장 걷는 서원이 손길이 닿는 곳마다 물수건으로 청소하기 바쁜 할아버지.

언제나 그러하듯 서원이와 친숙해지려면 3~5분 소요되는 막간의 시간에 할아버지는 청소를 끝냅니다.

"서원아, 할비 집에 온 거야?" 하면 눈길을 주며 안도의 표정으로 손가락 가리키는 곳.

첫 번째로 모과나무 둥지에 설치된 무지개 색 바람개비 바람 따라 돌고 돕니다. 두 번째로 가리키는 액자의 서원이 사진과 엄마, 하민 오빠. 그리고 세 번째로 계단 벽에 설치된 큼직한 엄마 아빠 웨딩사진 가리키며 아는 척하는 표정입니다.

좀 낯설지만 올 때마다 친숙한 표정으로 '감사합니다' 곧잘 하는

배꼽인사. 아빠 따라 구부린 몸짓으로 엄마의 노래와 율동을 따라 하는 엉거주춤. 두 팔을 흔들며 곧장 신명을 부리는 막춤으로 박수 갈채를 받습니다.

또 배드민턴 공치기 엄마와 할아버지가 서틀콕을 주고받으면 마냥 신기하고 재미있다고 웃는 이 얼굴엔 힘들어지는 표정이 다 간다. 무거운 라켓을 두 손으로 잡아 공을 맞춰 보려 합니다.

"어서 자라서 배드민턴 할아버지가 가르쳐 줄게. 봉제산 배드민턴 구장에서 우리 서원아!"

이렇게 2~3시간 놀고 나면 집에 가자고 아기가방 들고 엄마에게로 옵니다. 이때 어쩌나 보려고 할머니가 가방을 메고 서원일 앞뒤로 돌아가며 안으려 하면 막무가내 울기 시작합니다.

아마도 엄마 아빠가 외할머니께 맡기고 외출한 그 악몽이 떠오르는 듯 할아버지는 '그만 울려라' 엄마 품에 안겨도 그 울음이 멈추지 않습니다. 할머니와 엄마가 짜고 저 흉본다고 더 울어 댑니다.

엄마 통역으로 그 이유를 파악한 할머니와 할아버지.

내 참!

"그래, 그래. 다신 안 그럴게. 울음 뚝!"

이렇게 헤어짐의 막간의 새드 무비가 끝나고 나면 할머니와 이마 뽀뽀 2회 반복으로 동심의 손녀 서원이 위로가 되어 살며시 미소 지으며 그윽한 표정으로 빠이빠이 합니다.

안도의 표정으로 "이제 우리 집에 갈 거예요."

"그래. 서원이 잘 가라. 다음에 또 와라!"

(3) "그래, 그래. 하민이 오빠야"

내일이 처서(處暑)인 주말 토요일 오후. 바닷가 냄새 물씬 나는 노량진 수산시장에서 입맛 당기는 갖가지 해산물 한 보따리 구입한 할머니와 할아버지.
"서원이 에미 오라 해서 서원이 놀다 가게 합시다."
멍게와 해삼, 익힌 오징어 횟감으로 준비하여 아들 며느리 시부모와 와인잔 마주하며 삼복더위 중 건강히 잘 지내도록 우리 가족 위하여 건배하니 주변을 맴돌던 서원이 시선 집중하며 저도 마냥 좋아합니다.

오징어 살 손에 쥐고 앞니로 뜯어 먹으며 할아버지 할머니 핸드폰 이동전화기 벽걸이 인터폰 손에 들고 온 스위치 작동시키는 재미로 신바람 피우며 모두가 저와 함께 즐겨 놀자 합니다.

저 지난주 다녀간 하민이 가족들 정원 잔디밭에서 찍은 하민이 사진 보여 주니 벽에 걸린 액자의 하민이 사진 가리키며 알아챔을 인정해 달라고 손짓으로 호소하며 핸드폰 들고 엄마와 아빠에게 달려가 자랑합니다.

아마도 하민이 오빠 여기 있다고 환호하듯 합니다.

"그래, 그래. 하민이 오빠구나. 하민이 많이 컸네요….."

엄마 얼굴 마주하며 좋아라 합니다. 이렇게 놀아주는 할머니와 할아버지 이젠 낯가리지 않고 품에 안기고 다리 위에 앉기도 합니다.

동심의 욕구를 채워 놀아주는 할머니와 할아버지.

그 고마움을 느끼는 동심의 순수한 본성으로 가슴에 파고드는 감명 어린 어린 양 아닌가요?

'그래, 그래. 건강하고 영롱하게 잘 자라라. 우리 손녀 샛별이 서원아!'

(4) 손녀 류서원 미카엘라 유아 세례

자세히 볼수록 예쁘고 오래 볼수록 사랑스런 손녀 류서원이 생후 16개월이 되는 오늘(9월 5일 토요일) 유아 세례를 가족들의 축복 속에서 받는 날입니다.

사제께서 진행하는 세례 예절 따라 메시아이신 예수님께서 귀먹은 이를 듣게 하고 말 못 하는 이를 말하게 하셨듯이 유아 세례 중에도 에파타(열려라) 예절이 있어 사제는 엄지손가락으로 아기의 귀와 입을 만지며 주님 이 아기도 오래지 않아 귀로 말씀을 듣고 입으로 신앙을 고백하며 하느님 아버지께 찬미와 영광을 드리도록 기도합니다.

이렇게 예식이 진행되는 동안 사제께서 성수를 이마에 부어 축성한 후 수건으로 닦으려 하니 놀란 표정으로 엄마 품에 파고들며 이 아저씨가 웬 차가운 물을 얼굴에 붓나 위해를 느끼는 표정이더니 안수와 기도 땐 좀 안도하는 얼굴로 시선을 마주하는 여유를 보이며 미소를 머금기도 합니다.

마지막 미사포로 머리를 감싸주며 축복할 때는 미소와 함께 사제를 뚫어지게 쳐다보며 편안한 제 모습으로 돌아오는 참으로 놀랍고 신비스런 영롱한 얼굴입니다.

할아버지의 스마트폰에 잡힌 모습들에서 천진난만하며 예쁘고 순결한 평화로운 모습으로 저희 가정에 귀한 선물로 허락하신 손녀 아기천사로 또한, 성가정에 류서원 미카엘라 천사가 되어 가족들의 품안으로 안겨 왔으니 어찌 기쁘지 않겠는가요?

찬미와 감사를 드리며 주님의 뜻을 이루는 일꾼이 되라고 기도합니다.

아멘.

이렇게 유아 세례 예절이 끝나고 사제와 가족이 기념사진을 촬영한 후 저녁 식사를 위해 경양식 뷔페로 향합니다. 외할머니가 먹여주는 파스타 면을 쪽쪽 어찌나 잘 빨아 먹는지 아마 배가 몹시 고팠던 모양입니다.

아빠가 커팅해 주는 스테이크 조각 고기도 오물오물 맛있게 먹은 후 아이스크림 한 컵도 혼자서 먹어 치웁니다.

향후 부모의 슬하에서 잘 성장하여 초등교 3~4학년쯤 첫 영성체를 받게 되면 그때부터 성체를 받아 모시는 가톨릭 신앙인으로 생활하게 됩니다.

"나는 세상의 빛이다. 나를 따라오는 사람은 어둠속을 걷지 않고 생명의 빛을 얻을 것이다"(요한 8.12~20) 말씀처럼 어둠속이 아닌 생명의 빛을 따라 잘 성장해 다오.

(5) 손녀 류서원의 어린이집 보육현장

생후 20여 개월이 되어 가는 류서원이가 새해 2016년을 맞으면서 목동구립 어린이집 위탁 시간이 10:00~16:00까지 연장되어 보육교사의 보살핌을 받는다고 합니다. 유치원 입소 전까지 어린이집 보육을 받게 되는데 오는 3월부터 KBS 방송국 어린이집 입소가 확정되어 예비 체험으로 위탁시간을 연장 적응훈련을 위한 엄마의 결정인 듯합니다.

정초 함박눈이 내리는 날 할머니와 할아버지가 시간 내어 할머니와 할아버지를 알아볼 손녀의 모습과 또 어떠한 환경에서 보육하나 궁금하기도 하여 한번 방문하기로 하였습니다. 첫날은 12시부터 2시까지 오침시간으로 잠든 모습만 살짝 살펴본 후 교사의 친절한 안내에 따라 내일 오후 3시 이후 퇴실 시간까지 함께할 수 있도록 안내를 받아 다음 날 재방문하였습니다.

가정 성화(聖化)와 소확행(小確幸)을 위한 할아버지 사랑 이야기

교사의 안내에 따라 조용히 입실하니 손녀 서원이가 할머니와 할아버지를 보자마자 울음을 터트립니다.

이게 웬일!

교사의 품안에서 울음을 멈추도록 위로시킨 후 "서원아. 할머니와 할아버지가 너 보고 싶어서 온 거야. 울지 마."

순식간에 울음을 멈춘 후 할아버지 품안에 안기며 무릎에 편안한 자세로 돌아앉으며 안도하는 모습으로 돌아오기까지 한순간이지만 동심의 정서이탈 현상이 할머니와 할아버지를 놀라게 하였습니다.

예측불허의 정서적 불안상태가 왜 일어났을까요?

통제된 곳에서 만남이 두려움과 서러움이 복받침이었을까요?

아마도 평소엔 엄마와 아빠의 품안에서 할머니와 할아버지를 만나 반가워했는데 홀로 별개의 장소에서 만남이 감당하기 어려웠던가 봅니다.

걱정스러워하는 교사를 안심하도록 평소에 할머니 집에 올 때에도 1~2분 낯설어한 후에 친숙해졌다고 일러 주며 해명하느라 식은땀 좀 뺐습니다!

서원이를 데리러 올 외할머니께 미리 전화하여 방문소식을 말씀드린 후~ 오랜만에 사돈 간의 재회의 자리를 갖게 되어 그동안 서원이 양육 수고에 사의를 전해드리니 "웬걸요. 얘가 건강하고 영리하게 잘 자라줘서 나날이 즐겁고 행복하다 해요."라고 하시니 고맙고 감사함을 아뢰는 화기애애한 어린이집 창밖에는 모처럼 함박눈이 내리는 겨울날 오후 한때.

(6) 손녀 류서원 두 돌맞이 가족 나들이

계절의 여왕 5월에 손녀 류서원(미카엘라)가 태어난 달이며 이제 두 돌맞이 가족 나들이로 홍천 디발디파크 서원이 애비 고객별장 콘도에 가기로 했습니다.

서원이 가족과 할머니가 먼저 출발하였고 할아버지는 하민이가 설사 기운이 있어 아침 첫 진료 후 출발하기로 하였습니다.

산수 좋고 풍광 좋은 골프와 스키장이 잘 갖추어진 관광명소이니 비할 데 없이 좋은 분위기입니다. 먼저 도착한 서원이 가족과 할머니가 외할머니께서 마련해 주신 백설기와 팥고명떡 그리고 하민이 가족이 준비한 케이크와 할머니가 일본 여행 때 기념으로 사온 컬러풀한 인형으로 생일상이 예쁘게 차려지고 할아버지의 생일 축하의 "가족을 위한 기도문" 낭독에 이어 생일 축하 노래로 화음을 이루니 손자 손녀 두 아이들의 그윽한 눈길과 부끄러운 듯 그래도 마냥 좋아라 합니다.

여기 할아버지가 준비해 온 가족을 위한 기도문을 옮겨 싣습니다.

가족을 위한 기도문

사랑의 하느님
가족이란 든든한 울타리를

가정 성화(聖化)와 소확행(小確幸)을 위한 할아버지 사랑 이야기

이렇게 주셨으니 감사드립니다.
저희 가족 한 사람 한 사람은
당신께서 허락하신 귀중한 선물입니다.

여기 손녀 서원이와 손자 하민이는
어른들의 스승이기도 한 영특한 천사들입니다.
건강하고 씩씩하게 성장하여
이 사회에 큰 재목이 되게 하시고
양육하는 부모들은 희망과 기쁨으로
가득 채워 살게 하소서.

그리고 이 가족을 통해
사랑이 무엇인지 가르쳐 주시고
사랑하는 법을 알려 주시며
더 큰 사랑의 길로 갈 수 있도록
삶의 지혜도 일깨워 주시길 기도합니다.
저희 가족 한 사람 한 사람이
서로 아끼며 우애를 돈독히 키워 살아서
어려움은 함께 나누어 반으로 줄게 하시고
기쁨은 서로 나누어 배로 늘게 하시어
평화의 성가정 이루어 살게 하소서.
아멘.

이제 두 돌을 맞는 손녀 서원이와 세 돌을 3개월 앞둔 손자 하민이가 지금까지 건강하고 영특하게 자라도록 사랑과 수고를 아끼지 않은 두 며느리와 아들들에게 대견함은 물론 고맙고 감사해야 할 눈앞에 펼쳐진 두 아이의 성가정 모습입니다.

예약된 식당에서 각자의 식성대로 만찬을 즐기며 두 아이들의 먹성을 지켜보자 하니 서원이는 평소의 식성대로 가리지 않고 잘 먹고 맛있어 하는가 하면 하민이는 친숙한 메뉴로 소시지와 육류 한두 점, 파스타면을 쪽쪽 빨아 먹으며 각종 음식에 묻은 소스를 시식하듯 가족들의 식사 분위기에 따라 좋아라 할 뿐 많이 먹지는 않습니다.

아이들끼리 어린이 놀이방 놀이를 잠시 즐기다가 하민인 이제 퇴실을 서둘기 시작합니다. 그래. 아무리 새로운 장소와 맛있는 유명한 음식점도 시간이 경과하면 실증이 나는 법… 하민의 퇴실 독려에 얘네 가족이 먼저 자리를 뜨고 할아버지와 할머니 서원이 가족과 함께 어린이 만화 주인공 모형물 전시장과 미니 골프장을 들러 8시부터 시작하는 고객사은 클래식 음악회가 열리는 잔디광장에 자리하여 1시간여 음악 감상을 즐기는 중… 관객들의 박수와 환호에도 손녀 서원이가 따라서 박수와 환호를 하는 게 아닌가요?

이때 할머니가 "서원아, 이제 그만 보고 집에 가자." 하니 고갤 좌우로 흔들며 열열 음악감상 팬의 기본자세를 고수하듯 기특한 모습

가정 성화(聖化)와 소확행(小確幸)을 위한 할아버지 사랑 이야기

을 보여 주는 미카엘라 수호천사 류서원. 이제 두 돌 생일 축하와 더불어 건강하고 예쁘고 영특하게 성장하도록 할아버지가 기도합니다!

홍천 디발디파크에서.

(7) 할아버지 서원이 왔어요~ (1)

나날이 **빠른** 속도로 성장해 가는 생후 40여 개월의 류서원(미카엘라)이 2주 만에 엄마와 아빠가 함께 할아버지 집에 왔습니다. 할머니 집에 올 때는 언제나 놀잇감을 비치하지만 이제 좀 컸다고 그냥 올 때도 있습니다.

할머니 집의 이곳저곳의 생활용품들이 놀잇감이 되어 주고 벽에 걸린 그네들의 가족사진, 레일 기차놀이, 뽀로로 풀장, 오르내리는 2층 계단도 필수 코스로 퍽이나 재미있어 합니다. 오늘은 오자마자 주방 냉장고 문을 열며 "할머니 초콜릿 좀 주세요." 손녀 서원이가 표현하기조차 쉽지 않은 스스로 아토피 걸려 가렵다고 하면서도 알르레기 유발성 가공 식품류, 피자, 케이크, 아이스크림 류의 유해성을 조심하는 엄마 아빠의 눈치를 살펴야 하는데도 달콤한 유혹에 못 이겨 통 사정하며 먹고 싶어 합니다.

할머니의 화장품 중 콤팩트 뚜껑을 열며 분칠팩에 손가락을 꿰어 파운데이션을 할머니 얼굴에 발라주며 그윽한 미소로 할머니를 유혹하기도 하고 매니큐어를 만지며 할머니 서원이 손발톱에 예쁘게 바르고 싶다고 합니다. 이제 40여 개월 3살 남짓한 아이가 여성성을 보여 주고 그 느낌을 표현하는 기특한 여아의 동심이 놀랍기도 합니다.

주변 어른들의 일상생활의 모습과 언행이 어린 아이들에겐 교육의 현장이 되고 떼려야 뗄 수 없는 매스컴 영향의 교육현장이 될 것을 생각하면 주변 어른들부터 마음을 다 잡아 잘 살아야 할 것이며 양질의 교육환경도 마련되어야겠다고 추슬러 보게 합니다. 또한 주방 식탁 밑에 몸을 숨기며 "할머니 위험해요. 이리로 들어오세요." 하며 지진예방 훈련의 현장을 재연해 보이기도 하고 간식거리를 먹기 위해 상차림을 하면 "참 맛있겠다." 하며 자리를 찾아 앉는 게 아닌가요?

이렇게 놀이 시간이 길어지면 끙아 하려고 할머니 침대와 옷장 사이의 틈새로 끼어 들어가 사람들의 시선을 피할 수 있는 안성맞춤의 화장실이 되어 버린 틈새(할아버지가 청소를 깨끗이 하여 쾌적한 공간을 만들어 놓은 틈새입니다). 오늘도 서원이는 이곳에 몸을 숨겨 금세 큰방으로 들어간 서원이가 보이지 않아 부엌과 세탁실 문을 확인하며 서원이를 찾는데 큰방에서 찌푸린 표정으로 나오는 게 아닌가? 틈새에 끼어 있었기 때문에 안 보였던 것입니다.

이때 아빠가 눈치채고 "어~ 서원이 끙아 했구나. 할머니가 닦아

주고 씻겨 줄 거야. 그래, 그래." 귀저기를 벗기고 휴지로 닦아 낸 다음 온수 샤워로 수세 후 귀저기 갈고 하의 갈아입히니 기분 상큼해 하는 '미래의 숙녀 손녀'. 이렇게 잘 놀고 나면 "이제 집에 가자." "네 ~ 할머니 할아버지. 서원이 또 올게요." 하며 스스로 인사합니다.

"응~ 서원이 또 와라." "네. 서원이 초콜릿 먹으러 또 올 거예요." 합니다.

(8) 딩동~ 네, 서원이 왔어요 (2)

주말에 할아버지 집에 올 때는 엄마 아빠가 동행하지만 엄마가 방송국 출근할 땐 아빠와 둘이 올 때도 있습니다. 이럴 땐 좀 시무룩한 표정이지만 묻지도 않는데도 "엄마 회사 출근했어요."라며 보고합니다. 이내 밝은 표정으로 할아버지 집 분위기에 익숙하려고 이곳저곳 터치하며 활동 범위를 넓혀 갑니다.

먼저 할아버지 컴퓨터에 관심을 갖고 의자에 올려 달라 합니다. 할아버지 무릎에 앉혀 돌사진을 열어주니 신기하다는 듯 좋아라하며 마우스를 독차지하려 합니다.

또 부엌의 식탁 의자를 옮겨 정수기 앞에 옮겨 놓은 후 컵으로 냉수 버튼을 터치해도 물이 나오지 않자 "할머니. 왜 물이 안 나와요?" "어~ 컵으로 밀어야 돼." "네~" 아 물이 나온다. 반기듯 이제 나도 할 수 있다는 듯 자신감으로 충만한 표정입니다. (절전용 온수는 차단되어 안심)

그리곤 전기밥통의 온오프 스위치를 터치하여 뚜껑이 열리니 '야! 밥입니다.' "밥이 다 되면 뜨겁게 먹을 수 있도록 보온으로 해 둔거야. 식사 시간이 되면 식탁에서 맛있게 먹으면 되는 거야. 참 편리하지?" 아마도 장난감 놀이보다는 어른들의 생필품에 관심을 갖게 되고 다루고 싶은 충동이 왕성해지는가 보다.

서랍장 드라이버를 보더니만 빗자루 걸이 못을 꽉 조여 줘야 하는 거라고 할머니께 설명해 주며 할머니의 효자손 등 긁어 주기를 보더니만 "이게 뭐 하는 거예요?" "가려울 때 긁어주면 시원해져." "예. 저 좀 해 주세요." "그래. 해 줄게." 신기하고 좋다는 듯 거듭 하라 하지 않는가요?

이렇게 놀다 뭘 먹고 싶어지면 냉장고 문을 열려고 시도해도 아직 열리지 않자 "할아버지. 저 초콜릿 조금만 주세요." 합니다.
"할머니. 설거지 빨리 하고 저와 함께 티비 봐요." 그리곤 할아버지 방의 배드민턴 라켓으로 공 터치를 시도하더니만 잘되지 않자 "서원인 아직 작아서 잘 못 해요." 하는 게 아닌가요? 이렇게 원활한 의사 전달과 동심의 호기심을 스스로 행동에 옮길 만큼 성장한 손녀 3.8세의 류서원 미카엘라입니다.

아빠가 켜 준 주니어 방송에 집중하여 시청 중일 때 "서원아 이제 집에 갈 시간이다."
집에 갈 거다, 안 간다고 단호히 거절하다가도 아빠가 퇴실을 서

가정 성화(聖化)와 소확행(小確幸)을 위한 할아버지 사랑 이야기

둘면 할머니께 리모컨 달라 하며 직접 TV를 끄고 일어서는 다 큰 아이와 같이 성장해 가는 행동에서 외할머니, 엄마 또는 어린이집 선생님들의 교육의 결과로 여겨지니 고맙고 감사하다.

정원의 잔디를 아빠와 함께 걷더니만 모과나무에 매달린 바람개비가 처져 있는 것을 눈여겨보며 "할아버지. 바람개비 고장 났어요. 저기요.""할아버지가 고쳐 놓을게. 다음에 올 땐 잘 돌아갈 거야." 이렇듯 나날이 성장해 가는 모습에서 대견함과 신비로움으로 노년의 할아버지 할머니에게는 희망과 긍정의 코드로 닦아오는 2017년 정초입니다

(9) 딩동~ 네, 서원이 왔어요 (3)

무술년 정초 토요일 오후 발레수업 마치고 아빠와 함께 손녀 류서원 미카엘라가 할아버지 집에 방문합니다.

"우리 서원이 많이 크고 예뻐졌구나!"
"네. 할아버지. 서원이가 할아버지와 할머니 많이 보고 싶었어요."
"응. 그랬구나. 할아버지도 많이 보고 싶었어요."

오자마자 아빠에게 초코 케이크 만들게 준비해 달라고 합니다. 다크와 화이트 초코 토핑 크림을 중탕 가열하여 스틱 크랙카에 녹은 크림을 바르고 색색의 초코가루를 뿌려 2~3분 후면 굳어 맛있고 예

쁜 초코 크랙카를 만들어 할아버지와 할머니에게 자랑하는 기쁨과 칭찬이 56개월 손녀의 소꿉장난 재롱을 즐기라 하질 않는가요?

벽걸이 트리와 산타의 장식을 보더니만, "할아버지. 크리스마스가 지나면 트리는 치워야 해요." "그래. 맞다. 우리 서원이 와서 보았으니 잘 치워 정리해 둘 거야." "네~"
할머니의 복지관 동아리 활동 발표회 중 리코드 공연 팸플릿의 할머니 사진을 보여 주며 "서원이가 할머니 닮았잖아?" 반응을 살피니 "아닌데요. 사람들이 엄마 닮았다고 하던데요!" 이렇게 자기주장을 또렷하게 할 만큼 성장했구나 싶어 져 주면서도 당돌함으로 놀랍기도 합니다!

지난 추석 때 할아버지 집에서 명절을 보낸 후 하민이와 헤어질 무렵 "하민이 오빠, 난 롯데백화점 3번이나 갔다 왔는데. 오빠?" "어. 나도 갔다 왔어." "좀 있다가 하민이 오빠 초대할 거야. 기다려." "응. 알았어. 그런데 너 엄마는 왜 안 온 거야?" "마음도 아프고 바쁘대." 동심의 아이들이 어른들의 적조한 분위기를 이상스레 여겨 그 궁금함을 가감 없이 표현하여 묻고 대답하는 순수함이 놀랍기도 하며 어른들이 동심의 세계를 잘 살펴 우애와 친화를 돈독히 하는 가정 공동체의 건강한 모습을 보여 줬으면 하는 바람과 아쉬움을 갖게 하며. 이래서 "아이들은 어른들의 스승이라 했나 보다!"

저녁 식사 때가 되어 서원의 메뉴론 구운 김과 계란찜, 북엇국으

가정 성화(聖化)와 소확행(小確幸)을 위한 할아버지 사랑 이야기

로 맛있게 먹자 하니 김밥 먹겠다며 구운 김에 밥을 얹혀 계란찜을 바른 후 말아 김밥을 만들어 아빠와 할아버지, 할머니가 함께 먹자고 합니다. 식후 소파 뒤로 몸을 숨기며 울상을 짓길래 "서원이 응아하고 싶구나." "아니에요. 괜찮아요." 하며 완강히 거절합니다. 할머니가 사과와 배를 깎아 먹이려 하며 "과일도 잘 먹어야 응아도 잘하고 키도 쑥쑥 크는 거야." 아빠도 먹이려고 하니 아뿔싸, 아빠 서원이 마음을 몰라준다며 도리어 섭섭한 감정으로 반응하길 서슴지 않습니다!

내 참? 할머니의 응아 관심보다 아빠의 관심이 더 필요로 한 어린 소녀의 자존감. 이때 눈치챈 아빠가 응아시키고 뒷물까지 상큼하게 마친 후 "이제 집에 가자. 엄마가 기다려." "더 놀다 갈 거예요. 오랜만에 왔잖아요?"

이때 할머니가 "아니야. 엄마가 너무 기다리면 안 되잖아. 많이 놀았으니 빨리 집에 가고 다음에 또 와서 놀자." "예. 그래요!" 차에 탑승시켜 안전벨트를 매어주니 고개를 숙이며 "이거 해 주세요." 하길래 머리 캡 씌워 달래는 줄 알고 캡을 씌우니 "할아버지. 이마 뽀뽀하자고요!" "어~" "할아버지는 그것도 모르고 내 참! 뒤에 서 있는 할머니에게도 뽀뽀해요." "어~ 아까 했잖아." "할머니. 두 번 해도 괜찮아요." "그래, 하자." 두 손으로 얼굴을 감싸며 "아유 예쁜 우리 서원이. 잘 가라." "네. 다음에 또 올게요!"

(10) 하민이는 집에 가서 자고 내일 와라

서원이는 할아버지가 배드민턴장에 가자, '저희도 여수 가기로 했어요.'라고 합니다.

한동안 이러저러한 이유로 손자 손녀들의 어록쓰기를 멈춰 버렸습니다. 합리적인 불편함이었지만 부모들이 겪어야 하는 말하지 못하는 불협화음 때문이었습니다.

오랜만에 추석절 맞이 손주들이 모였습니다. 너무 오랜만에 만나 어찌 할 바를 모를 만큼 반가워하고 기뻐하는 모습에서 한 형제애의 순수함을 보는 이 할아버지를 신명과 감명으로 포근함을 안겨 주었습니다.

추석 전날 할머니가 차려 준 음식 잘 먹고 또 이리저리 뛰며 숨바꼭질로 스릴을 만끽하며 힘들게 놀고 난 후 하민이가 화장실에 소변을 보고 나니 서원이도 "나도 쉬아 할 거야." 하며 좌변기에 앉자마자 "할머니 문닫아 하민 오빠가 쳐다봐." 합니다.

손주들이 6살, 7살이니 벌써 이성 간의 순수한 감성을 갖는 시기이고 보면 옛말대로 남녀 7세 부동석이 요즘엔 남녀 5세 부동석이 맞는 격세지감을 갖게 합니다.

할머니가 "하민이는 집에 가서 자고 내일 오도록 해라." 하니 "내일 짐 싸야 해요. 호텔 가기로 했어요." 곤지암 리조트 가기로 했단

가정 성화(聖化)와 소확행(小確幸)을 위한 할아버지 사랑 이야기

다. "어, 그래. 아빠 연휴이니 나들이 가는 거지? 하민인 좋겠다."

추석날 아침 손녀 류서원(미카엘라)은 한복차림으로 단장하고 할아버지와 아빠 할머니와 함께 차례를 올리기 위해 먼저 하느님께 감사기도와 가정성화를 위한 기도와 함께 큰절로 차례를 올린 후 식탁에 마주 앉습니다.

"서원인 오늘 시간 많은 것 같은데 할아버지 배드민턴장에 가서 운동할까?"
"우리도 여수가기로 했어요."
"그래. 엄마 아빠 연휴이니 휴가 겸 여행 다녀와야지. 서원인 참 좋겠다."
천진난만한 아이들 때문에 너희들의 사소한 일상이 이렇게 공개되고 있으니 할아버지는 점점 더 재미있어진답니다. 그리고 이 아이들로 소통이 원활해지고 화재거리가 춤추듯 다가오니 이를 데 없이 기쁩니다.

서원이 엄마는 KBS 방송일로 함께할 수 없어 아빠 따라 할아버지 집에 자주 방문하여 나날이 성장하는 모습을 보여 주는 서원이 아빠의 속 깊은 배려 할아버지가 모를 리 없잖아요.

"지난여름 뽀로로 풀장에서 할머니와 물놀이 후 간식 먹는 시간에 뜬금없이 외할머니가 화곡동 할아버지라고 하지 말고 친할아버지 할머니로 부르라 하셨어요.”

“그래. 우릴 할아버지 할머니라 부르고 서원일 보살펴주시는 분은 외할머니라고 부르면 된다.” 할머니가 차려준 음식 잘 먹으며 “할아버지와 할머니가 참 좋으신 분이고 훌륭한 분이세요.” 하질 않는가요? 옆구리 찔러 절 받는 것도 아닌데 동심의 순박한 감정에서 우러난 어른스런 표현이 대견하게 느껴져 옵니다.

이렇듯 스스럼없이 자연스럽게 표현되는 언어 구사력이 교육시켜 될 일인가요?

그리곤 “우리 집 아파트가 더 넓어요. 뛰어놀 수 있으니까요.” “그래. 하지만 할아버지 집은 감나무도 모과나무도 있고 꽃도 예쁘게 피는 정원이 있잖아?”

“우리 집은 경비실도 있고 경비실 아저씨들이 서원이를 예뻐해 줘요!”

이렇게 자기네 집 자랑할 만큼 성장하였으니 기쁘고 감격스런 반면에 동심의 손녀가 할아버지를 이기려 대드는 심사에 할아버지가 져 줘야 하는 아량도 정서교육에 기여케 되기를 소망해 봅니다.

서원이가 6살 하민이가 7살, 추석 전날 오랜만에 만나 각자 휴대해 온 장난감 놀이와 그림 그리기로 그동안 배운 실력 발휘하며 열심히 하는데 하민인 공룡 그리기와 미니카 놀이로 어려운 코스로 통행하는 게임놀이가 서원에게는 어렵게 느껴져 “난 못 하겠다.” 하

가정 성화(聖化)와 소확행(小確幸)을 위한 할아버지 사랑 이야기

니 하민이 왈 "차분하게 열심히 배워야 할 수 있어." 하지 않는가
요. "서원이도 여러 번 되풀이하면 잘할 수 있어요. 걱정하지 말아
요." 하며 일러 줬습니다.

반복하는 숨바꼭질의 스릴 만끽으로 2층 계단으로 오르락내리락
할머니 빨래 건조대 하단에 둘이서 꼭꼭 숨어서 아빠들보고 찾으
라 하며 "못 찾겠어. 집에 갔나 봐. 아니 차타고 갈 수 없는데 어디
갔지?" 소릴 죽여 가며 참아 내더니만 웃음이 폭발하여 뛰쳐나오는
스릴 만끽. '꼭꼭 숨어라 나 찾아봐라'가 끝날 무렵 헤어져야 하는
시간엔 시무룩하며 눈물까지 감추는 이 아이들~

"다음에 또 만나서 재미있게 놀 수 있어요. 오늘은 각자 집에 가
야 해요." 악수하고 안아주자 스스럼없이 안겨주며 석별의 정을 나
눕니다.

할머니가 아파서 수술 후 퇴원하여 가료 중일 때⋯ "할머니 많이
아파요. 아프지 말라고 천 번 만 번 기도할게요."

위문차 왔어도 시간이 좀 지나면 익숙한 할머니 집안 환경에 채
근하기 시작하는 손녀딸 미카엘라. "우리 서원이. 간식 영양식으
로 오리로스 구워 먹을까?" "할아버지. 왜 오리 고기만 먹으라고 해
요? 다른 과자나 초콜릿보다 영양 간식으로 좋잖아." "그래. 오리
로스 소스 이름이 뭐더라?" "허니 머스타드예요." "그렇지. 소스 찍

어 맛있게 먹자."

할아버지 탁자 테이블에 동전이 흐트러져 있어 플라스틱 자그만 용기에 주어 담으며 "왜 동전을 이렇게 함부로 둬요?" 하지 않는가요. 아주 가지런히 담아 놓으며 "여기 동전 필요할 때 쓰세요." 일러줍니다. "우리 서원이 살림꾼 다 됐다. 그래, 고마워."

귀가 시간이 될 무렵 손과 발을 씻어 주려고 할머니가 화장실 구멍 난 슬리퍼를 신으라 하니 "할머니. 이 슬리퍼에 곰팡이가 있어 냄새가 날 것 같아요. 새것으로 바꿔 놓으세요." 하질 않는가. "그래. 할아버지께서 깨끗이 닦아 놓든지 새로 사오든지 할게. 손녀 시집살이가 점점 더 심해 가네요. 내 참!"

(11) 할머니 얼굴이 모나리자 닮았어요!

우수가 지난 초춘 2월의 차가운 주말에 동병상린의 병고를 겪고 있는 부모를 모시고 동네 깨끗한 사우나 목욕탕엘 동행하여 목욕 후 상큼한 기분으로 정육식당에 큰며느리와 손녀 서원이가 합석하여 식사를 막 시작할 무렵 "할머니 눈썹이 없어졌어요." "어. 목욕 후 그렸어야 하는데 못 그린 거야." "네. 할머니 얼굴이 모나리자 닮았어요." 봄방학이 끝나면 초등교 3학년이 되는 어린 손녀 서원이가 어찌 모나리자를 기억할까 싶어집니다.

가정 성화(聖化)와 소확행(小確幸)을 위한 할아버지 사랑 이야기

여기 모나리자의 미소 속에 담겨진 사연을 들려주려고 할아버지가 이야기를 시작합니다. "유명한 레오나르도 다빈치의 모나리자 얼굴의 모습과 미소를 관찰하기 위해 얼굴의 미학적인 요소와 연민의 미소를 컴퓨터에 입력하여 세밀히 분석한 결과 얼굴에 깃든 기쁨과 만족의 감정이 83% 두려움과 슬픔의 부정적인 감정이 17% 섞여 있었다고 합니다."

그토록 아름다운 미소 속에도 기쁨과 만족 두려움과 슬픔이 조화롭게 담겨 있었습니다. 그래서 몇 세기가 흘러가도 매혹적인 미소에 감동할 수밖에 없었다는 환담을 경청하던 손녀딸이 "네. 그러세요? 우리 할아버지는 참! 훌륭하세요." 칭찬을 아끼지 않는다. 우리 서원이 다 컸어. 대학생 같은 생각을 표현할 수 있으니 말이에요!

식사를 이어가며 "할머니. 우리 아버지는 효자예요. 할머니 할아버지 목욕시켜 드리고 식사 대접해 드리고." "그래. 할머니도 그렇게 생각하여 고마워하고 있어."
"할머니 할아버지 오래 사셔서 저 대학 다니는 예쁜 모습 보셔야 해요. 그러려면 건강하셔야 해요." "암 그래야지."

"우리 친할머니는 95세인데 지금도 건강하시잖아요!"
이렇게 동병상린(同病常鱗)의 병고 중에 있는 할아버지와 할머니의 회복을 위한 동심의 측은지심이 위로가 되어 할머니와 마주하는 시선 속에 이심전심 기쁨과 희망으로 가득 채워집니다.

(12) 손녀 류서원 미카엘라 "첫 영성체(領聖體)"

사랑하는 손녀 류서원 미카엘라의 그리스도교 신앙의 입문과 첫 영성체의 축복을 위한 성체성사를 대하는 마음가짐과 다짐을 위해 서문에 남기고자 합니다.

영성체란?

예수 그리스도의 몸인 성체를 우리 마음에 받아 모심을 의미합니다. 하느님과 일치를 이루는 영성체(성체성사)를 통하여 내적으로 은총의 샘이신 그리스도와 일치를 통해 많은 사랑과 은총을 받게 됩니다.

특히 어린이들이 하느님의 사랑과 은총의 성소(聖召)인 성가정에 선물로 태어나서 부모님 슬하에서 유아 세례를 받은 후 초등교 3~4학년 시기에 첫 영성체를 받기 위해 가톨릭교회에서 시행하는 교리교육을 받게 되고 그 후 첫 영성체 예절에 참여한 후로부터 영성체를 받아 모실 수 있게 됩니다.

영성체(성체성사) 준비

① 영혼의 준비 : 성체성사나 고백성사를 받아 은총의 상태에 있어야 하며 올바른 지향과 거룩한 정신과 영혼의 유익을 위한 준비를 합니다.

② 마음의 준비 : 미사에 열심히 참례합니다. 예수님께 대한 신망

애(믿음, 희망, 사랑)으로 성체 모시기를 기원해야 합니다.

③ 육신의 준비 : 공복체(성체를 모시기 한 시간 전부터 아무것도 먹지 않는다.)를 지킵니다.

손녀 류서원 미카엘라의 첫 영성체를 위해 2023년 5월부터 시작한 기초 입문과정의 교리교육이 6개월여 봄, 여름, 가을 세 계절을 보내는 동안 주말의 즐거운 놀이 계획을 포기해야 했던 끝이 보이지 않는 인내의 여정에서 기도와 사랑으로 도움을 베풀어 주신 부모님과 외할머니의 성원에 오늘 시월 마지막 주일에 첫 영성체 예절을 맞게 되었으며 길고 긴 여정 중 가정과 교회에서 밀착 후원해 주신 엄마와 아빠의 대화 내용을 글 쓰시는 할아버지께서 그동안 듣고 느끼신 소회를 문답 형식으로 옮겨 아름다운 추억과 기억으로 남겨 주셨습니다.

영성체의 맛

서원 : 엄마, 영성체 맛있어?

엄마 : 내 몸 안에 모시는 성스런 예절의 의미를 맛으로 설명해 주기가 어렵네.

서원 : 엄마, 찢어먹는 종이과자 맛이야?

이렇듯 동심의 나래에서 의문과 신비함을 안고 교리의 앎을 위해 매주 토요일 교육에 참여하였습니다.

첫 영성체의 길

첫 영성체를 받아 모시기까지 교리교육의 강도는 상상할 수 없도록 엄격히 시행되었습니다. 매주 토요일 어린이 미사참석. 주말 나들이, 가족여행 꿈도 꿀 수 없었습니다.

넷째 주 토요일 부득이 조부모님과 가족이 동행하는 대이작도 섬 여행으로 불참하게 되었으나 담당 수녀님께서 학교에서처럼 가족 여행 시 결석을 유보하듯 할아버지와 할머니께서 함께하는 여행에 사랑스런 손녀의 동행이 큰 의미가 있다 하시며 쾌히 승낙해 주셨습니다.

이렇게 봄, 여름, 가을 세 계절을 보내는 첫영성체의 길이 진행되었습니다.

첫 영성체의 자격시험

- 교리교육 기간 중 3회 이상 결석 시 탈락
- 마르코복음 16장까지 필사 못 하면 탈락 : 초등학교 3학년 서원이가 마르코복음 16장까지 혼자서 담당하기엔 어려워서 엄마와 아빠가 합세하여 필사를 마쳤습니다.
- 교육종료 무렵 새벽미사 4회 미사봉헌 못 하면 탈락 : 새벽미사 역시 늦잠이 습관화된 서원이가 신통하게도 05시 40분에 일어나 가족과 함께 미사 참석하는 손녀의 첫 영성체 덕분에 엄마와 아빠의 신앙 영성이 활성화되는 은총의 기회가 되었습니다.
- 10주간이 지난 7월 둘째 토요일 수업 중 담당 수녀님께서 어

가정 성화(聖化)와 소확행(小確幸)을 위한 할아버지 사랑 이야기

린이들에게 신앙인으로서 각오와 느낌을 각자 발표하도록 하셨습니다.

이때 거개의 어린이들은 의례적인 내용으로 부모님 말씀 잘 듣고 공부 열심히 하며 친구들과 사이좋게 잘 지낼 거라고 발표하였으나 손녀 류서원 미카엘라는 예수 그리스도께서 이 세상에 오시고 저희들을 위해 겪으신 십자가 수난과 부활의 공로를 기억하여 가정과 이웃이 사랑의 공동체가 되도록 나와 우리 모두는 열심히 기도하고 노력하여 성공적인 사회인으로 신앙생활을 할 것이라고 했습니다.

아뿔싸!

수녀님께서 류서원 미카엘라의 각오는 우리 수녀들보다 더 훌륭하다고 칭찬해 주셨다고 할아버지께 알려 주었답니다.

참으로!

기특하고 어른 같은 성숙한 마음자세에 기쁨과 감동의 설렘은 물론 초등교 3학년 이후의 류서원 미카엘라의 희망찬 미래가 촉망됩니다.

첫 영성체의 날을 맞기까지

이렇게 긴긴 여정을 마치며 동심의 손녀 미카엘라는 "영성체만 끝나면 성당에 안 갈 거"라고 선언했습니다. 아직은 어려서 주님과 함께하는 미사봉헌 시간이 얼마나 소중하고 행복한 순간의 기쁨인 것을 깨닫지 못하는 일시적인 판단이었으므로 그 엄마는 꿈나무인 내 딸 서원이가 미래의 희망 역시 때와 장소의 기분에 따라 수시로 바꿔듯… 판사와 변호사, 아나운서, 의학박사, 교수 등 다양한 장르의 직업군으로 꿈 많은 동심의 나래를 펼쳐 보였던 서원이가 훗날 고단한 삶의 여정에서 좌절하고 힘겹고 세상이 날 도와주지 않는 것처럼 절망적인 날을 경험하면 반드시 하느님을 찾게 될 것입니다.

좀 더 성장하여 청소년기를 맞아 하고자 하는 일들이 생각과 마음대로 잘 안되어 괴롭고 고통스러울 때 예수님께서 베풀어 주실 연민의 사랑과 위로를 통해 스스로 길을 찾게 될 것입니다.

엄마 아빠는 첫 영성체 후 매주 토요일 어린이 미사에 함께 할 거라고 다짐합니다. 그리고 측근에서 격려와 관심으로 사랑해 주실 조부모님들은 현실적으로 적절한 도움을 위해 한 걸음 물러서서 노심초사(勞心焦思)하시며 기다려 주는 각별한 사랑을 베풀어 주실 것입니다.

첫 영성체의 날

길고 긴 여정을 마치고 10월 29일 주일날 대망의 첫 영성체의 날을 맞게 되었습니다. 이날 9시까지 성당에 도착하여 45명의 동료들과 함께 드레스와 화관을 챙기며 영성체 모시는 연습에 이어서 손녀 미카엘라가 45명의 어린이를 대표하고 그 엄마 이효연 바틸다 며느리와 함께 교중미사의 제1, 2 독서를 맡게 되어 기쁘고 설레는 마음으로 독서대에 올라 마지막 연습을 마쳤습니다.

여러 교우들과 화곡동 할아버지와 할머니 외할머니를 모시고 교

가정 성화(聖化)와 소확행(小確幸)을 위한 할아버지 사랑 이야기

중미사봉헌이 시작되었습니다.

  손녀 미카엘라의 제1 독서와 엄마의 제2 독서가 낭랑한 목소리로
희망과 기쁨을 안겨 주었으며 미사 중에 첫 영성체 예절이 교우들
과 가족들의 환영과 박수갈채를 받으며 성대히 시행되었습니다.

분주한 일상과 신앙 안에서
영원한 생명의 기쁨과 평화와 행복을 위해 말씀 따라
'신앙의 길' 매진하오니 빛나는 당신 얼굴 뵈오며
기쁨이 넘치도록 이끌어 주시옵소서.

참으로 축복받은
'첫 영성체를 받는 이날'
하느님의 사랑과 은총이 가득하기를
예수 그리스도 이름으로 축원합니다.
아멘.

  생후 16개월(2015년 9월) 화곡본동성당에서 유아 세례를 받은
후 염창초교 3학년 오늘(2023년 10월 29일 일요일) 등촌1동성당
에서 첫 영성체를 맞이한 것입니다.
  이때만 해도 투병해 오신 할머니께서 건강한 모습으로 축하해 주
시며 기념사진도 찍으시어 사진발이 잘 받는다고 기뻐 하셨습니다.

4) 소중한 가족들에게 보내는 사랑의 편지

(1) 사랑하는 이효연 바틸다 큰며느리 앞

철쭉과 연산홍이 곱게 피어나는 화사한
계절의 여왕 5월을 맞이합니다.
신혼의 꿈을 하나씩 이루어 가는 이 좋은 계절
분망한 일상에서 금쪽같은 여유를 즐기며
보람찬 나날을 만들어 가시와요.

내 사랑 하올 이효연 기자님
5월부터 시작하는 정오뉴스 출연 축하합니다.
방송 전파로 들려오는 낭랑한 발성은
내용도 간결 명확할 뿐만 아니라
상황이 명확히 전달되어 사안의 추이가 용이하고
안정과 평화로움으로 희망을 갖게 합니다.

급변시대의 정오뉴스 매일 시청할 수 있게 되었으니

가정 성화(聖化)와 소확행(小確幸)을 위한 할아버지 사랑 이야기

지구촌 곳곳의 다양한 생생한 뉴스와 메시지
신속 정확히 전달될 수 있도록
공선사후(公先私後) 소신으로 최선을 다하십시오.
세계 속 한국의 공영방송 KBS 위해서
이 시애비 큰 기대와 함께 성원을 보냅니다.

꽃피는 봄부터 녹음이 짙어 가는 여름까지
"공짜 점심이 아닌 비즈니스 연장"이란 소중한 점심시간
보도된 국제 핫 뉴스와 메시지 활기찬 뉴스현장
모니터하는 재미 솔솔합니다.
여러 친인척과 지인들에게
우리 큰 며느리라고 자랑 하느라 바쁘고 기뻤어요!

열성펜심 시애비 유정열(요셉) 올림.

(2) 사랑하는 송선정 둘째 며느리 앞

오월, 계절의 여왕답게
예쁜 꽃들과 실록이 짙어가는 아름다운 계절입니다.
건강한 모습으로 우리 가족 다시 만나
가족애를 나누었던 지난 주말
반갑고 기쁘고 고마웠던 시간이었어요.

"신혼의 꿈"을 향한 너희 부부에게
하느님 사랑과 은총 안에서
성가정을 이루고 보람을 키워가도록
부모들의 간곡한 소망과 바람
쉼 없이 지향하고 기도하며 살아갑니다.

이제 9월이 오면(come september)
하느님께서 선물로 잉태해 주신 우리 '연두'
태어날 그날을 기다리며
모쪼록 건강하고 행복한 너희 가정
기쁘고 반갑고 고마운
꽃자리가 되라고 성심을 다하여 기도합니다.
아멘.

5월 8일 어버이 날 시아비 유정열 요셉 씀.

(3) 류지만 조카 결혼식 축사

오늘부터 두 분은
이 세상의 주인공입니다.

한 사람 한 사람
서로 다른 길을 살아오다가

가정 성화(聖化)와 소확행(小確幸)을 위한 할아버지 사랑 이야기

사랑으로 만나 한길로 갑니다.
이 길은 사랑의 길입니다.
사랑하는 남자와 사랑하는 여자가 만나
결혼으로 꽃피워 갑니다.

눈빛으로 눈빛으로
마음과 마음으로 만났으니
부부의 어울림으로
행복한 보금자리 만들기를 기원합니다.

두 사람 언제나 사랑으로 하나 되어
삶의 옥토에 믿음의 씨 뿌리고
삶의 계절마다 기도로 거두는
참으로 복되고 행복한 삶이 되기를 기원합니다.
하느님께서도 축복하고 계십니다!

서로 아끼고 사랑하는 두 사람
언제나 어느 곳에 서나
서로의 소박한 꿈과 따스한 정(情)으로 살아
더욱더 축복받는 삶이 되기를
두 손 모아 기도드립니다.
이것이 부모와 형제 친척과 친구의 마음입니다!

두 분 꼭, 행복하세요!

바라보는 이들이

바라보는 것만으로도 행복하도록

두 분 결혼 생활이 맛깔나고 멋있고

신명나고 활기차게 살아가십시오.

오늘부터 두 분은 이 세상의 주인공입니다.

2015년 2월 21일(대전 롯데호텔 씨카페 키위룸)

숙부 작가 유정열(요셉)

(4) 참담하지만 이겨 내야 할 노노케어(老老 care) 투병 이야기

올해(2020년 1월) 구정 명절 전 72세의 건강했던 아내가 약간의 혈변과 하복부 통증으로 구급차에 실려 세브란스 병원 응급실에 실려와 응급처치와 다음 날 입원실로 옮겨 대장내시경, CT 촬영, 혈액검사 결과 S결장암 3기 판정을 받게 되었지요.

그동안 2년마다 건강검진을 받아 오던 터라 본인은 물론 가족들의 놀람과 충격은 표현할 수 없도록 컸어요.

병원진료 계획에 따라 시급한 상태의 대응으로 항문외과 H 교수님께서 "배변과 통증 완화를 위한 결장 협착 부위 관삽입(stent op) 수술 후 퇴원 2주 후에 입원하셔서 절개수술과 항암치료를 받으셔야 합니다. 환자와 보호자께서 마음 다잡으셔야 합니다."라고

가정 성화(聖化)와 소확행(小確幸)을 위한 할아버지 사랑 이야기

하셨어요.

2주 후 입원하여 H교수님의 집도로 3시간여 수술을 마친 후 회복기간을 보낸 후 소화기내과 P 교수님과 전공의 간호사들의 치료와 2주 간격으로 12차의 항암치료가 시작되었습니다.

거센 파도와 같이 밀려오는 신체적 변화와 항암 부작용의 고통을 참아내는 아내의 투병 의지와 함께 간병의 어려움조차 잊게 해 준 병원의 통합의료 제도적 관리(system control)가 치유의 희망을 갖게 하였으며 특히 병실을 지키는 간호사들의 헌신적인 의료 서비스는 이들의 전문적인 의료의 인지적 역량, 소통과 상황인식 역량, 실무역량을 몸소 실천하는 프로다운 모습에서 치유의 희망과 인간애를 안겨 주었답니다.

항암치료가 계속되는 동안 5차부터 병원 식사를 못할 정도의 울렁거림과 백혈구 수치 감소에 따른 호중구 유지 치료로 입원 일정이 연장되기도 하였으며 다음 회차부터는 항암약제를 20% 감소 투약하는 변화와 병실 부족으로 입원 일정이 2~3일 지연될 땐 보호자는 초조해하는데 환자 본인은 가기 싫은데 잘됐다며 여유를 부리는 순박한 고통의 반사 행동이 제 마음을 더 아프게 하였습니다.

이렇게 8개월여 12차 항암치료가 종료되어 관련 검사 후 지금은 3개월의 가료 기간으로 말초 신경계의 손발 저림과 통증으로 끝이 보이지 않는 고통을 인내하며 고른 영양섭취와 규칙적인 가벼운 운동과 산책으로 평화로운 일상을 도모해 오던 중 지난 11월 초순경 76세의 보호자인 제가 건강검진센터의 위내시경 결과 위암 의심 증세가 포착되었다며 상급병원 세브란스병원 소화기내과 외래검진 예약으로 P 교수님의 검진결과 위 중상 부위 조기위암 확증 판정으로 위장관외과 K 교수님께 인계되어 그동안 진료 경위에 따라 수술 전 협진으로 심장내과에 안내되어 제가 2019년 5월경 기립성 저혈압으로 성당미사 중 잠시 의식을 잃어 이대서울병원 응급실 치료 후 심혈관내과 진료를 받아 오던 터라 수술에 대비하여 심장 판막기능 검진 과정을 마친 후 11월 20일 수술을 시행케 되고 약 4시간여 수술 후 아내가 기다리는 병실로 복귀하였습니다.

물론 주말엔 두 아이들이 교대하여 간병 역할을 대신하여 엄마를 집에서 쉬도록 배려하긴 하였으나 이렇게 참담하게도 아내와 입장이 바뀌어 병실을 지키며 환자가 환자를 보호하는 노노케어(老老care) 현상이 저희 노부부 앞에 현실로 다가왔습니다.

마침 같은 병실에 대장암 2차 수술 후 입원 치료중인 환우의 회진 중 아내의 응급처치와 절제수술을 담당한 H 교수님께서 10여 개월 만에 저흴 대면하게 되어 "아니 보호자가 왜 환자 복장을 하셨어요?" "네. 선생님 반가워요. 저희 아낸 12차 항암 후 3개월 가료 중인데 제가 조기 위암으로 수술하였어요." "네. 그러셨어요? 두 분이 고령이시긴 해도 건강하셨고 의지가 강하셔서 잘 치유될 거예

가정 성화(聖化)와 소확행(小確幸)을 위한 할아버지 사랑 이야기

요. 저희 경험으론 조기위암은 행운 이라고도 해요!""네, 선생님. 위로와 좋은 정보 주셔서 감사합니다."

위암수술 환우들을 위한 영양 관리와 주의사항을 위한 교육에서 강조하듯 축소된 위장 기능을 고려하여 꼭꼭 씹고 천천히 먹고 적은 양을 나누어 먹도록 강조하여 2차 덤핑 증후군 합병증으로(식후 복통, 구토, 울렁거림, 식은땀, 어지러움)을 대비할 수 있도록 유념시켜 주었으며 퇴원 1주일 후 외래진료 예약일정대로 11월 30일 K 교수님의 수술 이후 회복 결과의 명쾌한 답변과 수술환부 치료를 마친 후 소화 촉진제와 진통제 외 관련 처방과 3개월 경과 후 재검 일정을 입력시켜 주셨습니다.

저희들 중증환자의 노부부 입장에서 참담했던 1년여를 돌아보면 환자 중심의 세브란스병원 모든 의료진의 미션이 말해 주듯 "하나님의 사랑으로 인류를 질병으로부터 자유롭게 합니다."라고 명시하듯이 이웃 사랑과 공동선의 실현으로 이 미션이 완성에 이르고 의료진들의 첨단 의술이 곧 사랑임을 일깨워 주었답니다.

저희 가정은 가톨릭 성가정으로 치유의 은총을 위한 기도문이 생성되었습니다.

성부와 성자와 성령의 이름으로 아멘.
주 하느님 당신의 사랑과 치유의 은총으로

저희부부 길지 않은 여생 씩씩하고 건강하게 살아서

못다 한 당신 사랑(이웃과 가족 사랑) 이루어 살도록

이끌어 주시기를 간구합니다.

우리 주 그리스도를 통하여 비나이다.

아멘.

(5) 파스카 신비와 그리스도 부활시기를 맞이하여 저희에게 자비를 베푸소서

파스카란 지나가다 건너가다 뜻으로 예수님께서 죽음을 지나서 부활에 이르기까지 대사건의 전계를 파스카 신비라 합니다.

가톨릭교회는 매해 사순시기를 맞이하여 십자가 수난과 죽음의 고통을 묵상하고 기념하는 사순절의 정점인 성지주일과 함께 예수님의 죽음에 이르기까지 순명하신 고통의 신비와 하느님 사랑의 심연(深淵)을 보여 주신 대사건의 장엄한 봉헌 예절에 저희 모두가 참여하게 됩니다.

사순시기 동안 매주 성당에서 실시하는 십자가의 길 묵상과 봉헌 예절에 힘듦을 각오하여 어렵게 마친 후 성지주일에 축성받은 성지가지를 지참하여 귀가한 후 여보 십자고상에 성지가지를 올리기 전 고통스러운 당신의 가슴 부위에 십자고상을 앉고 치유를 위한 청원기도 바치도록 합시다. 뜬금없이 웬 십자고상 기도인가요?

가정 성화(聖化)와 소확행(小確幸)을 위한 할아버지 사랑 이야기

광주교구 조 두레박 신부님의 영적일기에 사제로서 부족한 소명 여정을 아뢰옵고 병고 중인 교우들의 치유 지향으로 십자고상을 가슴에 품고 침묵기도로 하느님께 매달리듯 통사정한다는 울림의 말씀이 생각이 난 거예요.

그리고 우리 하민이 손자가 유치원 다닐 때 책상 위 십자고상을 들고 "살려 주세요. 살려 주세요." 순수한 동심의 간절한 울림을 떠올려 보면서….

예수님께서 나병환자를 고치신(마태 8.2~3) 희망의 말씀처럼 "주님! 주님께서는 하고자 하시면 저를 깨끗하게 하실 수 있습니다. 내가 하고자 하니 깨끗하게 되어라. 곧 그의 나병이 깨끗이 나았다."는 말씀 증언에 확신을 갖고 주님께서는 마리아 당신의 병고를 살펴 치유시켜 주실 것을 믿고 우리 함께 기도합시다.

성부와 성자와 성령의 이름으로 아멘.
그동안 수술 항암치료 투병의지를 잘 지켜온 3년여
하느님 사랑과 자비의 은총 안에서 치유의 끈을 이어오며
항암제와 진통제에 의존한 기약 없는 가료의 일상에서
통증만이라도 피할 수 있도록 면역력 보강으로 연명시켜
"이 가정에 평화를 빕니다"처럼
저희 가정에 평화와 사랑을 누릴 수 있도록 이끌어 주시여
못다 한 당신 사랑 이루어 살도록

성령님께 전구합니다.
아멘.

이제 저희가 당신의 부활을 기다리며
십자가의 수난과 죽음을 기념하였으니
저희에게 강복하시여 저희가 소홀했던 신앙의무
고백성사로 깊이 반성하고 성찰하였습니다.
하오니 지은 죄 용서하시고 믿음 굳게 하시어
영원한 천상가정에 들게 하소서.
우리 주 그리스도 이름으로 기도합니다.
아멘.

"나를 불러라 그러면 내가 너에게 대답해 주고 네가 몰랐던 큰 일과 숨겨진 일들을 너에게 알려 주겠다."(렘 33.3) 좋으신 말씀 아로새겨 샬롬 샬롬 외치며 치유와 회복의 은총을 허락해 주시도록 강구합니다.

부활하신 무덤을 확인한 여자들에게 "평안하냐?" 이렇게 물으신 것은 천상의 특별한 은총과 너희 삶에 희망과 기쁨으로 충만한 뜻이 내재된 질문이었으므로 저희들도 함께 현세의 삶이 외롭고 두렵더라도 부활하신 예수님 따라 활기찬 일상에서 거듭난 삶을 위해 다시 전진할 것입니다.

가정 성화(聖化)와 소확행(小確幸)을 위한 할아버지 사랑 이야기

예수님께서 비천하고 낮은 자리의 마구간에서 태어나시던 날 천사들이 지켜 주고 동방박사들이 경배하며 목동들과 가축들뿐만 아니라 많은 사람들이 모여와 기뻐하며 기도한 그 마구간이 거룩한 장소가 되었습니다.

바로 부활하신 우리 주 예수님 때문인 것입니다!
죽음아 너를 이기는 것은 바로 부활하신 예수님입니다.
알렐루야 알렐루야.
아멘.

파스카 신비를 기념하는 성삼일은 주님만찬 저녁 미사부터
파스카 성야의 절정에 이어 부활주일 미사봉헌과 저녁기도
로 축제의 막이 내립니다.

이날은 주님이 마련하신 날
이날을 기뻐하며 즐거워하세.
오늘을 기뻐하고 즐거워하세.
우리를 사랑하시어 주님께서 부활하셨습니다!

그럼 우리는
부활하신 예수님을 어디로 가서 만나야 할까요?
소중한 일상에서 매일 봉헌하는 성당의 제대 위 미사성제가
그분을 만나 뵙는 자리입니다.

얼마나 큰 축복입니까?

외롭고 고독한 죽음의 끈을 끊고 생명으로 묶어주신
미사성제 안에서 그분께서 주시는 생명의 힘으로
새롭게 출발하여 전진합시다.

"영원한 생명은 예수님 부활과 함께 왔습니다."

CHAPTER 9

죽음의 고찰(考察)

저자(著者)의 고택(古宅) 도심 속 정원

고요와 정적(靜寂)의 아름다운 설경

1) 죽음의 고찰(考察) 제1화
죽음의 고비에서 걸 걸 걸…

천상병 시인의 귀천(歸天)의 명시에서 이승의 삶은 소풍이요 저승의 죽음은 소풍이 끝나는 날이라고 했습니다.

삶과 죽음이 단절이 아닌 삶의 연속으로 산자의 여생과 죽은 자의 귀천을 통해 아름다운 소풍으로 미화할 수 있으며 참된 새 생명으로 진입할 수 있도록 죽음의 고찰이 필요한 것입니다. 또한 두려움 없는 죽음을 맞이하려면 구원신앙의 확신과 신앙으로 귀의 결단의 용기가 필요하지 않겠습니까?

지금부터 라도 영생의 기쁨과 영원한 안식을 원한다면 이 순간을 사랑하고 충실히 살아야 할 것이며 죽음이 다가올수록 인생 최후 일전의 죽음이 되도록 산자들은 소중한 일상에 전념하고 성심을 다하여 기도하고 열심(熱心) 곧, 뜨거운 마음으로 하느님을 사랑하고 주변 이웃과 자신을 사랑해야 합니다.

이렇게 한세상 살고 난 후 생자필멸(生者必滅)의 죽음 앞에서 걸.

걸. 걸. 후회하지 않도록 참된 신앙의 길을 걸어가야 합니다. 우왕 좌왕하며 이럴까 저럴까 아님 버나드 쇼 묘비명처럼 "우물쭈물하다가 내 그럴 줄 알았다." 허송세월 하고 나면 죽음의 고비에서 '좀 더 잘할 걸' '좀 더 베풀 걸' '좀 더 참을 걸' 후회한들 소용없습니다.

그래서 진정한 죽음의 고찰이 필요한 것이며 곧 나의 죽음이 육신의 서글픈 작고의 쓰러짐이 아니라 하느님과 만남이 이루어지고 인간의 궁극적인 구원신앙이 이루어지도록 잘 살아야 합니다.

가정 성화(聖化)와 소확행(小確幸)을 위한 할아버지 사랑 이야기

2) 죽음의 고찰(考察) 제2화
故, 김수환 추기경님의 죽음의 고찰

"…죽음을 통해 참되고 아름답고 복된 새 생명에 들어간다고 해서 죽음의 고통이 덜어지는 것은 아닐 것입니다." 죽음은 간혹 예외적인 경우가 있을 수 있겠으나 그리스도인들도 여전히 두렵고 말할 수 없이 큰 고통이고 고뇌일 것입니다. 이것이 누구나 살고 싶어 하는 인간의 본성이기 때문에 그렇습니다.

그러나 주님은 결국 당신 사랑과 그 사랑이 베푸는 죄의 사함과 영원한 생명에 대한 믿음으로 이 죽음을 받아들이도록 도와주실 것입니다. 죽음에 대한 준비는 나날의 믿음 안에서 하느님 사랑을 확신하고 그리스도를 본받아 이웃을 사랑하는 것이 가장 좋은 죽음의 준비입니다.

추기경님께서 은퇴 후 혜화동 주교관에서 '바보'라는 제목의 자화상을 그리셨습니다. 그 바보 초상이 오랫동안 이사장으로 계셨던 동성고등학교 100주년 기념행사에 전시되었습니다. (그 당시 제가 가톨릭 시니어지 기자활동으로 기념식 취재차 함께 했었지요.) 왜 하필 바보란 제목을 붙이셨냐는 질문에 "내 모습이 바보같이 안 보여요? 제가 잘났으면 뭐 그리 잘났고 크면 얼마나 크며 알면 얼마나 알겠습니까. 안다고 나대고 어디 가서 대접받길 바라는 게 바보지. 그러고 보면 내가 제일 바보같이 산 것 같아요." 이렇게 말씀해 주셨습니다.

그렇다면 저흰 어떻게 살아야 할까요?
그거야 누구나 아는 이야기 아닌가요?
사람은 정직하고 성실하고 이웃과 화목할 줄 알아야 해요
어려운 이웃을 도우며 양심적으로 살아야 해요.
이걸 실천하는 게 괜찮게 사는 것이지요.

쉬운 듯 쉽지 않은 이 말씀이
참된 신앙인의 길이라 믿습니다.
입으로 만 주님을 찾는 신앙인이 아니라
하나씩 차근차근 실행에 옮기는 참된 신앙인의 길을
갈 수 있도록 도와주시도록 그리스도 이름으로 기도합니다.
아멘.

가정 성화(聖化)와 소확행(小確幸)을 위한 할아버지 사랑 이야기

3) 죽음의 고찰(考察) 제3화
시인 타고르의 "기탄잘리"

죽음이 곧 삶의 문제이기 때문에 죽음과 삶을 분리해서 생각할 수 없습니다. 따라서 종말은 죽음 뒤에 오는 것이 아니라 지금 이 순간에서부터 시작되고 있습니다. 영원한 안식과 천상행복을 위해서 지금 이 순간을 사랑하고 충실히 살아갈 때 얻을 수 있는 축복일 것입니다.

여기 죽음의 고찰의 시상에 적합한 타고르의 시작 〈기탄잘리〉를 함께 명상하고자 합니다. 인도의 타고르가 〈기탄잘리〉는 1910년 발표하여 1913년에 노벨문학상을 수상한 신에게 바치는 송가로 신에 대한 귀의(歸依)와 경애심을 표현한 죽음의 고찰을 대표한 시상작(詩想作)입니다.

"기탄잘리"

인도의 시인 타고르의 '기탄잘리' 시가 있습니다.
이 시는 절대자에게 바치는 시입니다.

여기 인간의 일회적 죽음을

하늘나라에서 영원한 행복을 누리는 것임을 알려 주고 있으며

"기탄잘리" 시상을 통해 암시하고 있습니다.

오! 생의 마지막 성취인 당신.

죽음이여 나의 죽음이여

오시어 나에게 속삭이십시오.

날마다 나는 당신이 오시는지 지켜보고 있어요.

당신을 기다리며 생의 기쁨과 고통을 견디어 왔습니다.

나의 존재 내가 가진 모든 것

나의 희망과 사랑의 전부는

언제나 당신을 향해 은밀히 흘러갔지요.

내가 나의 임종을 생각하면

시간의 장벽은 무너지고

나는 죽음의 불빛으로 하여

보물로 가득 차 있는

임의 세계를 엿보게 됩니다.

거기서는 비천한 자리도 없거니와

생의 비굴함도 찾아보기 힘듭니다.

가정 성화(聖化)와 소확행(小確幸)을 위한 할아버지 사랑 이야기

CHAPTER 10

고향 선산에
가족 추모공원 설립

1) 가족 추모공원 추진안
옥천 문중임야 공탁금 수령 안내문 회람

유철열 귀하(개별 이름기명 발송)

　그동안 잘 지내 오셨습니까?

　이곳 저도 누님과 동생들이 보내 주신 염려 덕택으로 잘 지내고 있습니다.

　금번 유인선 아버님 생전에 충북 옥천에 문중 산(山) 유지철 외 5명 공동 소유로 된 약 500평 정도의 토지를 4년 전 매도, 정리하고자 소유주인 유지철(사망)의 부인(83세 조카며느리)도 함께 추진하고자 하였으나 이를 반대하는 사람이 있어(유철열 외 유지훈 조카들이 현상유지 해도 손해 볼일 없다.) 매도 계약금만 변제하고 방심하고 지내오던 중 충북도청 국토관리국에서 장기간 지방세 탈루 및 무적 상태로 판단하고 국토관리 규정에 의해 환수 및 도시 개발계획 확정으로 정지 작업에 들어간 지 1년여 경과되고 있는 상태입니다.

　그래서 충북도청 국토관리국에서 공시가에 해당하는 소유주(류인

　　　가정 성화(聖化)와 소확행(小確幸)을 위한 할아버지 사랑 이야기

선 부친) 인당 약 1,300만 원 옥천 지방법원에 공탁되어 있어 류인선 부친의 후손 9남매와 그중 사망자(유영열, 유순열, 유세열) 직계가족이 갖추어야 할 서류가 완비되어야만이 해당 금액을 인수할 수 있게 되었으므로 아래와 같이 통보된 서류를 갖추어 저에게 발송해 주시기 바랍니다.

그리고 누님과 동생 조카들께 상의하고자 함은 돌아가신 부친께서 문중일을 보시면서 좋은 뜻으로 해 놓으신 일이며 현재 능길 저희 가족 추모공원으로 자리 잡은 상능길 서당말랭이 전답지 역시 부산 큰형님의 소유지입니다.

저의 재직 말년에 재열형님을 폭설이 내린 밤 안천 되재 허봉임 사둔 댁에서 형님을 찾아뵙고 서당말랭이 밭 약 200평 농한지에 저희 사촌 형제 가족 추모공원 추진계획을 타진한 후 형님을 모시고 현지에 도착 개발 추진을 합의케 되었습니다.

이 부지 역시 첫 큰아버지 류인덕 소유지로 현재 이곳 밭에 큰아버지 부부합장 봉묘로 모셔져 있어요. 부산 큰형님께선 류인덕 큰아버지 앞으로 입양 중으로 소유권이 이임되어 그 후손인 류지홍 조카 앞으로 상속될 부지임을 안내하오니 참고하시기 바랍니다.

큰형님의 장손 유지홍 조카도 그 묘지를 재개발하여 둔둑골의 큰아버지와 큰어머니 두 분 그리고 불탕골 조부모 부산 큰형님과 형수님 모두 함께 모셨으면 하는 바람을 갖고 있습니다.

  재개발될 추모공원은 평장묘 형태로 웃어른부터 모시도록 하고 주변은 조경으로 소규모 가정묘지가 되어 현재 지훈 조카 형제와 동생 지청이 조카들이 매년 벌초 작업으로 수고하고 있으며 특히 부산 지홍 조카도 불탕골 진조부모와 둔독골 조부모님들 산소관리에 큰 어려움을 겪고 있는 실상입니다.
  그리하여 금번 가족 추모공원 추진은 향후 조상님 묘지관리의 어려움을 타개하고 저희 형제간 본인들도 영면할 묘지가 될 것입니다.

  미래를 대비한 의미 있는 대소간의 숙원 사업이기도 합니다.
  이 점 잘 살피시어 금번 이 일로 가족 상호간 우의를 돈독히 하는 좋은 계기가 되도록 아래와 같이 마음을 모아 협조해 주시기 바랍니다.

~아래~

* 유인선의 자손 중 생존자(유정열 철열 애열 양열 향열 향숙)
 · 제적등본/가족관계증명서/기본증명서/주민등록초본/인감/인감도장(서류와 함께 봉투에 넣어 등기송부)
 · 유인선(제적등본/전제적등본/말소자 주민등록초본) 심씨 어머니 아버지와 같이 서류 갖추도록 유정열 담당

가정 성화(聖化)와 소확행(小確幸)을 위한 할아버지 사랑 이야기

* 유인선의 자손 중 사망자 직계가족

(1) 유영열(제적등본/전제적등본/말소자주민등록초본)

성재중 유지훈 유지현 유지헌 유지만(제적등본/가족관계증명서/주민등록초/인감증명서/인감도장 위와 같이 서류와 함께 밀봉하여 등기송부)

둘째 지현이는 국적 확인 후 이민이 아니고 장기 체류일 경우 위와 동일하게 서류를 갖춰야 함.

(2) 유세열(제적등본/전제적등본/말소자주민등록초본)

이칠순, 유지정, 유지청, 유지은(제적등본/가족관계증명서/주민등록 초본/인감증명서/인감도장 위와 같이 등기송부)

(3) 유순열(제적등본/전제적등본/말소자주민등록초본)

한상석, 성수, 광수, 영수, 승우, 덕자, 영자(제적등본/가족관계증명서/주민등록초본/인감증면서/인감도장 위와 같이 밀봉 등기송부) 끝

2) 가족 추모공원 벌초 후 기도문

+ 성호경(성부 성자 성령의 이름으로 아멘)

저희 후손들이 조부모님과 형제들이 안치된
가족 추모공원 벌초 완료한 후
조상님들의 영혼이 천상행복을 누리시도록
주님의 이름으로 기도합니다.

여기 묻이신 조상님들
저희 후손들도 우애를 돈독히 하고
사랑하며 평화로히 살아가도록
지켜봐 주시고 이끌어 주십시오.

저희 성가정을 위해 성심끝 살아가는
저희 가정에 성령의 은총으로 선물로 주신
손자녀들도 건강하고 영롱하게 자라서
이 사회 일꾼으로 성장 발전하도록

가정 성화(聖化)와 소확행(小確幸)을 위한 할아버지 사랑 이야기

성령님께 전구합니다.

생로병사(生老病死)의 여정을 살아가는 저희들
성령의 치유 은총으로 건강하게 살아서
못다 한 당신 사랑 이루어 살도록
이끌어 주시도록
그리스도 이름으로 강구합니다.
아멘.

3) 부산 형님 내외 유골 안치기도문

주님께서는 부모를 효도로 공경하며 은혜를 갚으라 하셨습니다.
세상을 떠난 형님과 형수님 고향 상능길 "가족 추모공원"에 편안히
모시고자 오늘 자녀들이 정성을 모아 이렇게 봉헌합니다.

먼저 "가족 추모공원"에 묻히신
조부모님과 형제들.
오늘 모실 형님과 형수님의 영혼이
영원한 천상행복을 누리시도록
천주님께 성심을 다하여 기도드립니다.

또한, 저희 형제들
형님과 형수님께서 생전에 베풀어 주신
다정다감한 사랑을 기억하며
언제나 우애와 화목을 지켜 주님의 뜻에 따라
저희들 행복하게 살아가겠습니다.

저희 각 가정 수호천사로 허락해 주신

손자녀들 희망찬 미래의 재목으로

성장시켜 이 사회에 이바지하도록

천주 하느님께 기도드립니다.

아멘.

4) 가족 추모공원 식수후(植樹後) 기도문

성호경(성부와 성자와 성령의 이름으로 아멘)
저희 선조 때로부터 긴 긴 세월 하느님께서
베풀어 주신 모든 은총과 사랑에 감사드립니다.
오늘 저희 선조와 형제들이 묻힌 가족 추모공원에
주목과 반송을 식수(植樹)하고자 저희 정성을 모읍니다.

세세 무궁토록 이 거룩한 뜻을 받들어
기쁨과 희망의 노고(勞苦) 여정에 함께하여 영원한 안식처
가족 추모공원을 기리 보존하고자 주님 수난 사순시기에
저희 형제들 다짐하오며 축복해 주시도록 청원합니다.

선조들의 영혼 안식과 천상행복을 위하여
당신의 사랑과 자비를 베푸시도록 기도합니다.
신망애(信望愛)의 성심한 삶이 영원한 생명으로 연결되고
하느님 보시기에 참! 좋더라 하신 것처럼
아름다운 고향땅 서당봉에 가족 추모공원을 봉헌합니다.
아멘.

가정 성화(聖化)와 소확행(小確幸)을 위한 할아버지 사랑 이야기

부산형님 내외분 유골안치, 기념 식수(반송 주목)

5) 너희는 세상을 밝힐 빛이 되어라!

　예수님께서 "나를 따르는 사람들은 어둠속을 걷지 아니하고 생명의 빛을 얻을 것이다."라고 하셨습니다. 평생 목마르지 아니하고 진리의 샘을 만날 것입니다. 헛된 수고 하지 아니하고 구원의 길을 찾을 것입니다.(요한 8:12)

　그럼 어떻게 살아야 세상의 빛과 소금으로 살 수 있는지 살펴보면 가난한 형제 찾아 복음말씀 전하며 이웃을 네 몸같이 사랑하고 애덕을 실천하면 내 빛이 어둠속에서 솟아올라 암흑이 대낮처럼 될까요?(마태 5.14) "여러분은 한때 어둠이었지만 지금은 주님 안에 있는 빛입니다. 빛의 자녀답게 살아가십시오."(에페 5.8) 이렇게 가르쳐 주고 있습니다.

　또한, 동반자 관계에서 살아가는 사람살이 중 저희가 추구하는 신앙의 길도 "기도와 사랑의 나눔" 없이는 이루어질 수 없음을 명심(銘心)해야 할 것입니다.

　여기 인생의 파란(波亂)을 안고 살아온 두 아들을 둔 팔순(八旬)

의 부모 입장에서 두 아들네는 부모의 슬하에서 대학수업을 마친 후 취업 결혼 주택마련 등 자립 의지를 키워 부모의 도움 없이 어려운 시대를 잘 해쳐 살아갈 수 있어서 천만 다행일 뿐만 아니라 축복받은 가정으로 고맙고 기특하여 하느님께 감사는 물론 두 아이들 결혼 후 며느리들의 성심한 내조와 노고에 박수갈채를 보내지 않을 수 없지요.

　큰아들 가정에 효심이 지극한 이효연(孝娟 바틸다) 큰며느리는 KBS 보도국 국제부 문화부 부장급 기자로 재직 중으로 단아하면서도 공선사후 원칙과 소신으로 언론인의 역할에 최선을 다하고 있으며 가정과 직장 사회 공동체에 자신의 역량을 발휘하여 세상을 밝혀 살아갈 류지명(志明 라이문드) 큰아들은 삼성증권 부장급 팀장으로 맡은바 직무완성을 위해 경영일선에 적극 참여하고 있습니다.

　이렇게 엄마 아빠의 긍정적인 자세와 지혜를 닮아 영롱하게 성장해 갈 손녀 류서원(미카엘라) 염창초교 4학년으로 친구들과 사이좋게 지냄은 물론 공부도 잘하고 피아노, 수영, 태권도, 스케이팅까지 잘할 수 있는 소녀로 미래 희망도 교수, 변호사, 의사, 아나운서로 자주 바뀌는 꿈 많은 소녀 류서원 미카엘 가정의 활기찬 모습입니다.

　이어서 선량하고 착한 송선정(善貞) 둘째 며늘아기는 프리랜서로 열심히 활동하였으나 가정사 운영과 아이 양육에 전념하는 전업주

부로 당면한 어려운 시대를 잘 헤쳐 살아가고 있으며 최첨단 과학과 기술의 요람인 직장과 공동발전을 위하여 직무 완성에 매진하고 있는 류지광(志光 스테파노)은 LG전자 선임연구원으로 최선을 다하고 있습니다. 엄마와 아빠의 지혜와 재능을 닮은 류하민은 목동초교 5학년으로 모범적인 학교생활로 친구들을 배려하며 공부도 잘하고 특히 그림을 잘 그려 유튜브 어린이 아티스트로 데뷔하여 현대 미술가로서 미래가 촉망되는 손자 류하민 가정의 건강한 모습입니다.

이렇게 소중한 세 가정 공동체를 이루며 류서원(미카엘라) 손녀와 류하민 손자는 조부모 가정에 수호천사로 태어나서 가정과 사회에 이바지하는 큰 재목으로 성장하기를 자칭 손자녀 바보 할아버지는 마음모아 축원합니다.

그리고 너희들 미래에 믿음과 희망과 사랑으로 성(聖)가정을 이루어 살아가야 할 것이며 두 아들의 이름 지명(志明)의 밝을 명(明)과 지광(志光)의 이름 빛 광(光)의 상징적 의미와 뜻에 따라 세상을 밝힐 빛의 주인공이 되어야 합니다.

여기 조부모의 고향 선산에 조상님들을 모신
가족 추모공원에 새긴 가묘 조부모 비석 앞면에

문화(文化) 류정열(柳整烈 요셉)

생 : 1944년 10월 15일

졸 :

한산(漢山) 이순덕(李順德 마리아)

생 : 1948년 7월 9일

졸 : 2023년 11월 25일

"너희는 세상의 빛입니다"

이렇게 새기고

후면에 가족력과 할아버지의 산문집 발간을 안내하여

첫 1권 할아버지 정년 퇴직과 회갑 기념으로 발간한 산문집
"별난 이야기 별난 행복"을 소개하였으며

두 번째 산문집 고희연(古稀宴) 기념으로
"노후(老後) 그래서 더 아름답다!"

세 번째 팔순의 산수연(傘壽宴) 기념으로

**"가정 성화(聖化)와 소확행(小確幸)을 위한
할아버지 사랑 이야기"**

새겨 길이길이 기념할 것입니다.

CHAPTER 11

추모사(追慕辭)

1) 김동해 프란체스코 추모사

　동해의 떠오르는 태양처럼 희망을 안고 삶을 사랑하며 열심히 살라고 부모님이 지어주신 그 이름.

　김동해(金東海) 프란체스코 님. 이렇게 서둘러 가셔야만 했습니까? 동해 님이 떠나신 지금은 파스카 축제가 시작되는 사순시기에 부정할 수 없는 사별의 슬픔과 함께 참! 소중한 인연으로 님의 연령 앞에 모였습니다.

　베드로 수제자가 예수님을 모시고 아름다운 이곳에서 집을 지어 천년만년 살자고 하셨던 것처럼 동해 님도 이곳 양평 산자락에 3대가 함께 살 수 있는 복음자리를 마련하여 평화로운 여생을 살아갈 수 있도록 노후 대비를 선언하시며 우리 모두 함께하자고 하셨던 송년 모임이 바로 엊그제 아닙니까?

　이젠 사랑한 가족들 수호천사이셨던 안나 님과 민수 딸 소영이 그리고 화곡본당 교우들과 저희 친구들.

　님이 그토록 지향하셨던 삶의 사유와 사랑의 염으로 점철됩니다.

님이 설계하신 소박한 사람살이 미완성이면 어떻습니까?

소중한 일상에서 일신 우일신의 신념과 삶을 사랑한 열정을 기리며 남은 저희들 성심을 다하여 살면 되지 않겠습니까?

동해님이 서둘러 가신 하늘 곁.

"이 세상 소풍 끝나는 날 아름다웠다고 말하리라."

귀천의 시상 따라 님의 구원신앙 지향이 천주의 자비와 은총으로 이루어지도록 전구하며 남은 저희들 님의 신덕(信德)을 거울삼고 성심한 고희(古稀) 길 따라 부족한 사랑 완성에 이르도록 열심히 살겠습니다.

이제 통공을 뒤로하며 님을 위해 기도드립니다.

"전능하신 하느님 동해 프란체스코의 영혼을 위해 자비를 베푸시어 살아서 지은 죄 용서해 주시고 영원한 천상행복을 누리게 하소서. 우리 주 그리스도의 이름으로 기도드립니다. 아멘."

2018년 3월 7일 친구 유정열 요셉

2) 권혁희 엘리사벳 추모사

권 엘리사벳의 장례미사가 봉헌되던 날, 망자 권혁희 엘리사벳의 남편 이환우 마르티노입니다. (장례미사봉헌)

지병 초기부터 코로나19 극심한 상황에서 환자 본인과 가족들은 주임신부님, 원장수녀님 등 많은 교우들의 위로와 사랑으로 투병 때부터 현실로 다가온 죽음의 두려움도 극복할 수 있었습니다.

너나없는 세상사 생로병사의 여정에서 가장 확실한 것은 누구나 죽는다는 것과 또 불확실한 것은 언제 죽느냐 그 시간을 모른다는 것입니다.

따라서 죽음은 분명 슬프고 두려운 일이지만 구원신앙의 희망을 안고 살아온 그리스도인 저희는 죽음을 맞는 이 순간에도 천상행복과 하느님을 사랑할 수 있도록 기도해야 합니다.

천상병 시인의 〈귀천〉 시어처럼 "나 하늘로 돌아가리라 아름다운 세상 소풍 끝나는 날 가서 아름다웠노라고 말하리라."

그렇습니다.

"죽음이 있기에 삶은 경건한 것"이라 했습니다. 우리 삶이 소중하고 아름다운 것 또한 죽음이 있기 때문입니다. 오늘 장례미사봉헌에 함께한 교우 류정열 요셉과 부군 이환우 마르티노의 담화에서 주임 신부님의 배려와 격려로 추모사 발표를 위해 준비하던 중 아들 상엽 마티아게 작문 내용을 사전 검토한 결과 잘 쓰셨는데 엄마에 대한 아버지의 마음에 담긴 내용이 빠졌다는 지적에 '그래. 알았어요….'

여보, 엘리사벳.
이젠 엄연한 이별인데
이를 부정할 수 없는데도
와닿지 않는 이별 아닌 이별 앞에
참으로 황망합니다.

여보, 엘리사벳.
잘 살아가잔 핑계 아닌 핑계로
내가 얼마나 힘들게 했는지
이젠 당신의 성심어린 잔소리가 그리워지겠지요?

여보, 엘리사벳.
이제부터 주님 나라에서
영원한 천상행복을 누리세요!
엘리사벳, 사랑했고 더 사랑할 것입니다.

아멘.

이환우 마르티노 형제님.
세상을 향한 당신의 열린 마음과 순수한 관계와 친화가 당신의 여생을 여유롭고 행복하게 할 것입니다 그리고 저희들도 늘 함께 할 것입니다.

장례미사를 봉헌하던 날 흐릿한 날씨에 가랑비가 내려 빗물이 먼저 주님 앞에 나아가는 권 엘리사벳의 기쁜 눈물이기를 기도해 봅니다.
청량리성당 추모공원에 먼저 모셨던 부모님 옆자리에 안장할 평화로운 발인 현장의 밝은 햇살도 상큼하게 산자락을 비쳐 밝혀 주니 상주 가족들과 친지들에게 평소에 그랬던 것처럼 권 엘리사벳이 반겨 주심인 듯합니다.

부디 잘 가십시오! 권혁희 엘리사벳.
그냥 간절한 기도의 염으로 쓴 두서없는 이 추모사
지난 세월 저희들의 추억을 회상하며
그대 부부님의 고운 정과 화사한 모습만을 떠올려 가며
그대가 쌓은 신덕(信德)에 따라
남겨진 부군 마르티노와 저희 부부들 모두
앞으로 남겨진 여생(餘生)
성심으로 열심히 살겠습니다.

가정 성화(聖化)와 소확행(小確幸)을 위한 할아버지 사랑 이야기

3) 배숙이 글라라(박종원 바오로 자매)
추모사

이웃사촌으로 또, 화본당 교우 가정으로 친교를 맺어 신앙생활을 이어온 오랜 세월, 배숙이 글라라 자매님께서 선종하신 지금 부정할 수 없는 사별의 통공만 남겨 주셨습니다.

돌아보면 당신의 허약함을 감추시며 조용히 투병해 오신 오랜 세월 자매님의 단아하심이 저희들은 안타까움으로 점철됩니다.
생전에 베풀어 주신 다정한 배려와 이웃사랑, 김포농장 가을거지, 성당 시니어아카데미 학습과 낭만들.
이젠 먼~ 추억이 되어가고 있습니다.

배숙이 글라라 자매님. 서둘러 가신 하늘 곁에 이 세상 소풍 끝나는 날 아름다웠다고 말하리라 한 귀천의 시상 따라 바오로 형제님과 글라라 자매님께서 일궈놓은 구원신앙의 지향이 천주의 자비와 은총으로 이루어지도록 저희들 기도드립니다.

전능하신 하느님.

배숙이 글라라 자매님 영혼을 위해 자비를 베푸시어 살아서 지은
죄 용서해 주시고 영원한 천상행복에 들게 하소서.

우리 주 그리스도 이름으로 기도합니다.

아멘.

가정 성화(聖化)와 소확행(小確幸)을 위한 할아버지 사랑 이야기

4) 이순덕 마리아 천상행복을 위한 추모사
장례미사 답사, Me 송년의 밤 낭독

찬미 예수님.
고인 이순덕 마리아 부군 유정열 요셉입니다.

그동안 4년여 투병해 온 마리아와 저희 가족들은 4년의 세월이 40년을 산 것처럼 방황과 소용돌이 속에서 회고와 성찰로 희로애락(喜怒哀樂)을 가슴에 새기며 당신의 자비와 사랑으로 마리아는 참으로 행복해하였습니다.

생자필멸(生者必滅) 누구나 죽음을 맞이합니다.

죽음은 두렵고 고통스러운 것입니다.
누구나 살고 싶어 하는 인간의 본성으로
죽음을 안타까워할 수밖에 없습니다.

그러나 저희 그리스도인들은
하느님의 사랑으로 지은 죄 사해 주시고

영원한 생명으로 이끌어 주심을 믿어

이 죽음이 삶의 끝이 아니라 영원한 생명의
시작이므로 주님만을 그리워하며
약속하신 영원한 생명의 여정은 계속될 것입니다.

이제 세상 마지막 소풍 끝낸 순덕 마리아가
기쁜 마음으로 빛나는 하느님 얼굴 뵈올 수 있도록
성부 성자 성령께 기도합니다.
아멘.

저희 신앙 안에서 영원한 생명의 여정에
함께하신 교형 자매님들 감사합니다.
그리고 이순덕 마리아 당신. 고맙고 사랑합니다!

성심(誠心)한 사랑으로 보살핀 세 가정
(나와 두 아들 며느리와 손자녀)
못다 한 사랑 내가 살펴서 "보은의 삶" 완성토록 성원할 것입니다.
당신을 향한 추모기도와 함께 반가운 소식 전해 드리오리다.

남편 유정열 요셉 올림.

가정 성화(聖化)와 소확행(小確幸)을 위한 할아버지 사랑 이야기

5) 고향 조씨 가문의 열녀
효열비문(孝列婢文) 대서(代書)

새로 새긴 효열비문

조정린의 처 박성녀(밀양박씨)는 을사년(1929년) 부군의 지병이
위독하여 치유를 위해 지극 정성으로 간병하였습니다.

그 후 박성녀 사후(1935년) 염습할 때 두 겨드랑에 칼집을 낸 상
흔의 흉터를 발견한 가족들은 남편을 지극정성으로 모신 열행에 감
동케 되었습니다.

박성녀는 15세 출가 당시 시아버님의 고질과 부군의 지병 치유를
위한 간병과 구약에 매진하며 정성으로 모셨습니다.

이에 병자년(1936년) 효열행으로 도지사에 천거되어 그해 가을
찬양문과 열행을 기리는 효열비 설립을 명받아 본 위치에 입석 하
였습니다.

가정 성화(聖化)와 소확행(小確幸)을 위한 할아버지 사랑 이야기

바탕 원문 내용

정려비(열녀비)

조정린의 처 밀양 박씨로서 을사년(1929년) 부군의 병이 위독하여 지극 정성으로 간호하였던 바 박 씨 사후(1935년) 엄습할 때 두 겨드랑에 칼의 흔적을 발견케 되어 비로소 남편을 위한 열행을 가족들이 알게 되었습니다.

15세에 출가(시집) 왔을 때 시부와 환거 중 고질까지 있어 구약에 분주하고 간호함이 지극정성이 위와 같으니 이에 병자년(1936년) 도효 열행으로 도지사에 천거되었고 찬양문과 함께 정려를 명받고 병자년 가을에 본 위치에 입석하였습니다.

진안군 동향면 능금리 능길(鎭安 銅鄕 能金 能吉) 마을은 백여 가옥의 집단 마을로 상능, 중능, 하능으로 나뉘어 마을 이름의 능길(能吉)의 상징적인 의미에 따라 "세상 모든 일이 잘됨" 풍요롭게 마을의 역사를 새롭게 새기며 평화롭게 살아가는 축복받은 마을이지요.

근세에 이르러 국가의 산업발전에 기여한 제일물산주식회사(조미료 삭가린 효모 한국화이자 코리아나 백화점) 창업한 김해동회장(현 작고), 국회의장과 국무총리를 역임한 정세균 의원, 대법관을 역임한 김선수 변호사, 민주당 대변인 안호영 의원 등 능금리 능길 출신들로 고향 마을의 명성을 빛내고 있습니다.

여기 하능(下能) 마을 초입 산기슭 암벽 앞에 세워진 정려비석 그 전면에 벚꽃 나무와 홍매화가 자리하여 경건함과 고풍스러움으로 조씨 가문 밀양 박씨 박성녀의 효열비가 세워진 지 90여 년의 긴 세월간 풍화작용으로 비석의 비문과 형체가 닳고 훼손되어 가문의 후손인 조성해 친구가 가족력의 족보를 검색하여 비문의 년대와 내력을 명시한 원문을 바탕으로 조성해 친구인 본인 류정열(요셉) 작가의 성심(誠心)과 경건함으로 새로 세워질 정려비석에 비문을 후손들이 잘 읽어 새길 수 있도록 수정 작성하게 되었습니다.

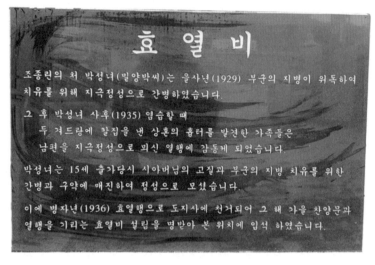

고향 조씨 가문 효열비문

　가정 성화(聖化)와 소확행(小確幸)을 위한 할아버지 사랑 이야기